謝慕賢——著

不要放棄英文！
任何人都能**學通**英文的
必讀三堂課

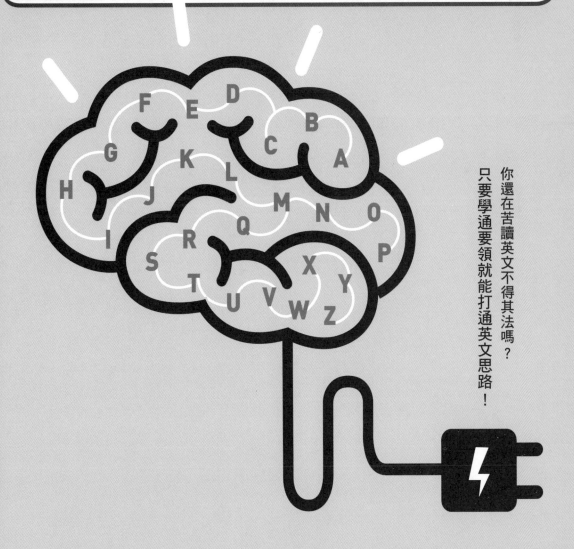

你還在苦讀英文不得其法嗎？
只要學通要領就能打通英文思路！

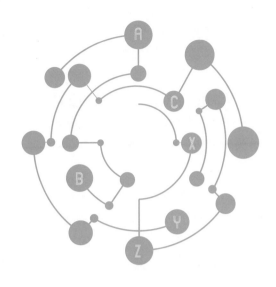

自序

本書是為「不知如何教好學生英文的**老師**」，

及

「不知如何學好英文的**學生**或**社會人士**」而寫。

　　本書內容淺顯易懂，只要具備相當於國中英文基礎的讀者就能看得懂。台灣人的資質優異是不可否認的事實，尤其在科技界的表現就可見一斑。然而台灣實行英文教育已有數十年之久，人們的英文素養卻不如眾所預期，甚至糟得離譜，而且教育當局也束手無策。筆者曾花了一些心思去探討這部分的問題，因此整理出下列的癥結。

　　其實，英文學不好的理由，除了學生不認真外，老師的教學內容及方法尤其重要。這些年來，根據多位筆者的學生所提出的反應，在他們學習的過程中，不少老師本身對英文這門知識其實表現得一知半解，在對學生的教學上也避重就輕；碰到學生的問題難以解答時，往往以一句權威式的告誡打發學生：學習英文多背就是了。繼而這些學生將來當上老師時，也以同樣的方式教導下一代的學生。如此惡性循環，導致一代不如一代，以致媒體披露問卷調查的結果顯示：百分之八十的一般上班族，對自己的

英文評價只有國中程度而已;反而是在學的高中生程度好些,主要是因為他們正在學習。但是如果要這些在學的高中生翻譯兩句「短的」英文句子,或許還可猜對部分意思;要是讓他們翻譯兩句「短的」中文句子,那可就困難得多了,不是無法下筆,就是寫出來的英文句子結構裡文法錯誤百出。這種現象在每年的大學指考時更是表露無遺。往年大學指考放榜時,英文作文「零分」的考生,在十餘萬報考學生中就佔了近兩萬人;至於那些拿「個位數」分數的人數,更不在話下了。

學好英文真的這麼難嗎?其實,對一個非英語系國家的人而言,若沒有在一個刻意營造的語感環境中學習英文,想要學得好英文是相當困難的。因此,在一個無語感環境中學習英文時,便需要有「學習的方法」。然而,要正在學習中的人摸索出一套可行的學習方法,談何容易,此時,「指導者」就倍加重要了。有人說,到書局買些相關書籍回來自行學習就可以了;這真的是一句外行話。因為對於一個學習者而言,如何有能力挑選好書來學習呢?即使將大家公認最好的書交給學習者去自習,筆者相信這個效果相當有限,而且學習過程中若有疑問,該向誰請教呢?誰又能正確地解惑?再者,教科書不是連環圖畫,比較無法引起學生們的興趣,可能看不了幾頁就丟一旁了。我的學生中有幾位是陪孩子來上課後,希望自己也能學習的家長,這些家長學得比他們子女還認真,不僅上課時發言踴躍,並且自行到街坊買了數本參考書來研究;他們有感而發地說:一本再好的書,也要有懂得這本書的人來講授,才會有效果,否則根本不必設立學校,也不必有老師與學生的制度,大家只要買本書回家自行學習就可以了。這一語道盡了任何學問、技巧的學習,老師扮演的角色何其重要啊!然而,要扮演一位稱職的老師著實不易,其中的關鍵,便在於教學的內容及方法。各位讀者可以看看,坊間的書局與補習班林立,講義、參考書無不相互抄襲,內容重疊性有百分之七十以上,而且是以應付考試為導向的教學方式引導學生,結果考出來的成績慘不忍睹,更談不上學以致用。現今台灣人英文程度普遍低落的現象,真是其來有自。

市面上販售的書籍絕大多數是有益讀者學習英文的,但是其適用的對象卻是已經具備基本能力(也就是:能分析出簡單句子的結構)的學習者。無奈大多數國人學了多年的英文,連這一基本能力都不具備,也就難怪看了這些書以後,對英文程度的提升起不了太大的作用(其實讀不完一本書的人居多,因為無法順利悟出書中的道理),去補習的結果也半斤八兩(因為補習只是補自己安心而已)。一般而言,絕大多數的學習者在學習的過程中,或許具有理解個別章節的能力,但是缺乏將章節貫通的整合能力;如果指導者也欠缺整合能力,學習者就很難學得好,結果便造成似懂非懂的半桶水狀態;而這種狀態其實極為普遍。

曾經有多位學生家長問筆者所教的英文是「高中」還是「高職」英文？筆者則回以：將來你們孩子要與他人溝通時，是否會先問對方所學的是什麼樣的英文程度，然後才以「高中」或「高職」英文去應對呢？當然筆者知道家長的用意，然而如果真想學好英文，方法是一樣的，不應以考試導向的心態來學英文，否則縱使考試拿高分，依然寫不出一句正確的句子（這可不是玩笑話，這種現象普遍存在於考上前三志願大學的學生身上，甚至連大部分的碩士生及博士生也是如此！）。

　　許多人不明白我們上大學以前所學的英文在日後入社會時會派上用場，就如同我們現在正在使用的中文，不就正是上大學以前就已經學得的中文嗎（其中還包括文言文呢！）？由此可知，大學前的基礎教育是何等重要！青年讀者對此不可不知，務必好好加以把握！

　　前面說過，任何學習是要有方法的。至於在一個無英文語感的環境下，究竟有什麼方法可依循而能真正學好英文呢？將快速且有效的英文學習方法傾囊相授，就是筆者寫這本書真正的目的。本書沒有甚麼學問高深的內容，只是點出想學好英文必須具備的基本英文素養而已。本書不僅要將你學習的困難（障礙）一一發掘出來，並以要領式的方法快速引導你學習，書中不賣弄文筆，遣詞用字淺顯易懂，英文程度稍好或稍差的學習者都能輕易迅速理解，並且會很有信心地學習下去。學習者只要看懂本書的第一章，便能有概念地下筆以英文暢所欲言。讀者若不相信，試讀便知。讀者在讀完本書、具備心得後，若想再更上層樓，那就得自己多花功夫了。

　　許多學生及家長在上過筆者的課後，一致由衷地告訴筆者他們的感受，說筆者是他們學習英文過程中的啟蒙者。有位學生（是位家長）數次在下課閒聊時感慨地說，如果能早二十年前就來上筆者的課，今天的工作及未來就完全不同了。現在已近五十歲的這位家長，比他女兒還要認真學習的目的無他，只不過是在一門學問的學習上抓到了學習的要領，因而激發了他的求知慾，使他覺得如獲至寶罷了。

　　筆者每次詢問學生對中、英文互譯的困難度有何看法時，幾乎百分之百的學生都認為英文翻譯成中文比較容易些，但中文翻譯成英文簡直是太難了。其實，二者均不容易。不少學生在上過筆者的課後改變了觀點，反而認為中文翻譯成英文比較容易呢！

　　學習英文的終極目標是要能聽、說、讀、寫與譯，本書的重點精神便集中在讀、寫與譯。一個人英文程度的好壞，在於他是否能看懂別人所寫，及他自己所寫是否能

令人看懂。所謂文盲者（illiterate），是指識字不多或不識字者，但這樣的人還是能以聽、說的能力與他人溝通。一旦你具備了讀、寫、譯的能力，哪怕不會聽與說，只要短時間的接觸後，便能朗朗上口。筆者在此善意地提醒讀者，如果你不具備讀、寫、譯的基本能力，經同學、同事、朋友或公司訓練部門慫恿去上美語補習班或透過網路（如：e-learning）學習英文，那簡直是捨本逐末，既沒什麼效果而且又浪費時間及金錢。省省吧！問問自己：你想成為一個真正懂英文的人，還是文盲？

　　這本書是多位學生家長催了數年，盼筆者將要領式的教學法，推薦給許多有心想學好英文但卻苦無方法的人，使他們能快速且有效率地，在短時間就有信心征服原來一直「談英文色變」的心理障礙，進而能視學習英文為一樂事，以長遠來看，必能提昇國人普遍的英文程度。偷懶了數年後，身負使命的筆者終於下定決心著手寫這本書，但是由於筆者事必躬親的個性，又拙於中文打字，雖然有中文辨識工具加以輔助，但這個工具的辨識率不佳，致使筆者不時感到氣餒，難以一氣呵成，因此，斷斷續續地拖了兩年才將本書完成。回憶寫本書的過程，筆者真正體會到，認真寫一本書是非常不容易的，尤其是寫教科書。若說要靠寫書來賺大錢，那是比登天還難。那讀者一定會問：既然賺不了錢，為何要辛苦地寫這本書呢？嚴格來說，不是筆者唱高調，筆者撰寫本書的心情除了基於學生家長的託付及鼓舞外，還加上「自認的」使命感（如此說法可能比較不會被英文系畢業的專家圍剿），筆者深切盼望本書能真正發揮它的效用，嘉惠大眾，讓老師能教得順心，學習者亦能學得容易。

　　本書將一反「傳統的教學方式」（所謂傳統的教學方式，是指以英文例子解說英文。這種教學方法是國人學習英文的最大障礙，大部分的人都無法理解，並且會強力排斥學習），徹底改變國人「只會背記而不知其所以」的英文學習方法。本書將會完全以中文例子為解說之依據，進而詳細剖析中文句子的結構（即：教授簡易之中文文法），最後才會依中文相對英文之關係將英文介紹給學習者，如此可以讓學習者徹底瞭解中、英文的關係。這種教學方式筆者已實際驗證於課堂上十餘年，學習者很容易從中獲得啟迪，建立學習信心，所以學習者對此教學方式的接受度頗高，並且成效甚佳。

　　本書有別於坊間章節獨立、無法整合且難懂的書籍，而是以簡單實用的中、英對照例句，佐以重點提示，外加清楚標示字詞間修飾的前後順序等方式，以淺顯易懂的敘述深入剖析句子的結構；如此，各字詞間的關係將無所遁形地完全攤在學習者眼前，學習者想不懂也難。學習者在閱讀本書之時，必須按本書的章節依序學習，便可得到

完整一貫的瞭解，達到最佳效果（雖說本書已盡力以最能令學習者領悟的方式呈現，不過若讀者能聆聽作者親口講授，則效果當然更加百倍，那就得看我們是否有緣了；讀者可來電詢問開課事宜，因筆者不見得每年會開新班授課，但傾向受聘至企業公司以鐘點授課）。本書非常適用於對自己英文教學方法感到窒礙的老師，或學習英文沒方法的學生及社會人士參考；熟讀此書後，學習者將會有「相見恨晚」的感覺，若果真如此，也就達到了筆者寫這本書的真正目的了。

　　為求快速且有效地傳達精確的學習要領給讀者，本書目前要言不煩地僅關三章的篇幅提供給讀者，如果讀者本身已稍具英文基本概念，則讀完第一章後，讀者將已能很有自信地讀、寫、譯出中、英相應的正確句子了。第二章與第三章則是讓讀者能更進一步地認識與運用豐富句子內容的各式形容詞與副詞，使讀者能將第一章習得的技巧加以發揮，進而讀、寫、譯出更進一層次的中、英文句子。讀者如果能熟讀此三章，英文百分之八、九十的精髓已完全掌控在讀者手中了。至於運用英文的流利程度會是如何，則完全要看讀者往後的努力了。

　　環顧國內英語文專家先進如潮，筆者手著此書猶如野人獻曝，然而出版本書的唯一目的，是將筆者個人多年來的學習與教學心得提供給學不好英文的學習者分享，希望本書理出的一套學習要領能為他們紮下穩固的學習基礎，從此愛上英文，不再為學習英文而不知所措，甚至苦惱。本書從書寫、打字乃至編輯，均不假他人之手，完全是由無編輯經驗的筆者點滴完成，雖經校稿再三，疏漏亦難免，殷祈專家先進能惠予賜教，以期共同將此書推向更完整的境界，俾有助於國人英文之學習。

謝慕賢　謹序

于國立台灣科技大學 2015 年元月

閱讀本書前你該知道的事

★ 誰適合閱讀本書：想快速學懂英文，但卻苦無方法的老師、學生與社會人士。
　條件：必須具有相當於國中的一般英文程度。
　閱讀方式：建議讀者不要跳躍式閱讀，得循章節依序閱讀，否則可能會有疑惑
　　　　　　產生。
　本書可否當做教材：非常適合高中學校、高職學校、補習班及公私立事業機構
　　　　　　　　　　內部員工英文程度快速提昇之訓諫用。

★ 本書主要的目的，在於清楚地剖析中、英文間翻譯的要領，使學習者不再將學
習英文視為畏途，而能快速地建立起信心及興趣，進而將英文的運用內化為自
己永久之資產。

★ 本書內容以筆者在講台臨場授課時講授的方式呈現，並盡量解說清楚，因此完
全不同於其他書籍刻板且簡短、有時會讓學習者無法揣摩其含意的敘述。

★ 本書例句的用詞盡量以日常生活用語為主，不會帶給學習者另一種壓力而讓他
們喪失信心，甚或放棄學習；因此，程度稍差的學習者一定看得懂，程度稍佳
的學習者則基礎會更穩固。

★ 本書每介紹完一個單元，隨後會有筆者費心設計的習題，供學習者驗證自己是
否徹底瞭解該單元所論述的重點。習題固然是針對該單元所設計，然而，也涵
蓋了測試學習者原本就應有的文法概念是否具備，請學習者不可偷懶，並得用
心思考做習題，才能達到驗證的目的。習題的參考解答則列在本書末尾，供學
習者對照。這些解答並非唯一，因為英文語句結構具活潑性，並非一成不變。

然而，本書是學習範本，所以會針對中文或英文句子字面上原始的含意相關性及句子的原始語調，直接將相對的英文或中文句子翻譯出來，而非大致的句意。如此，學習者比較有脈絡可循，而不致經常心生混淆（這點是筆者在觀察以往的學習者時常見的）。

★ 筆者記得，在學生時代學習的過程裡，中文的形容詞是用「的」來表達，副詞則用「地」或「得」來表達，但是不知教育當局何時將「地」的使用給廢除了，導致現在學生因此而搞不懂副詞「的」與「得」的使用時機，難怪當今大學指考的國文科還在考這個觀念。因此，為了讓讀者能正確會意本書的意思，書中凡屬中文之形容詞修飾詞，一律使用「的」，如：書桌上的書、我不喜歡吃的餅乾；凡屬中文之程度性質之副詞修飾詞，一律使用「得」，如：高興得不得了、飛得很高；其他的中文之副詞修飾詞則一律使用「地」，如：快樂地唱著歌、成功地完成任務。

★ 筆者歡迎亦感謝讀者具建設性的建議，以使本書更臻完備。來信請寄到下列電郵地址：sms.hsieh@msa.hinet.net。

目錄

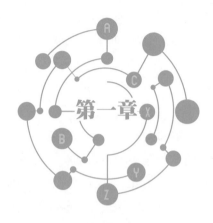

學通英文必讀之要領（★絕對不可略過本章）

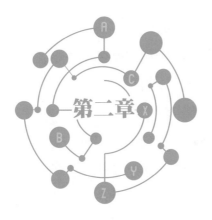

第二章

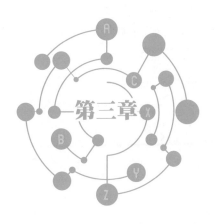

第三章

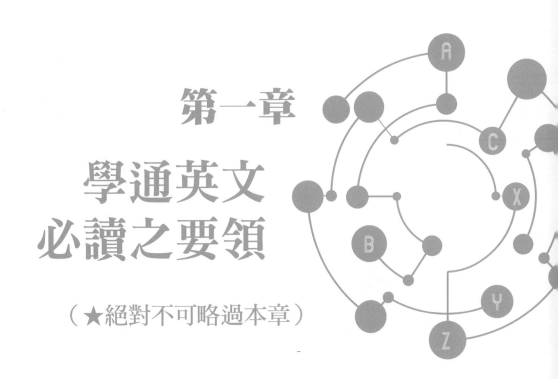

第一章

學通英文
必讀之要領

（★絕對不可略過本章）

　　請問讀者：在你開始閱讀本章之前，你是否已閱讀過前面「自序」及「閱讀本書前你該知道的事」的部分了？如果你的回答是「沒有」，建議你別急著往下看，請你先閱讀過前面那兩部分後才開始閱讀本章，相信你會有多一層的領悟。

1. 中、英文之異同

　　以往第一堂課筆者在自我介紹完畢後，一定會問學生兩個問題，就是：「你們覺得英文難不難學？」及「你們認為中、英文有多少百分比的相異度？」當然，第一個答案絕對是：難。第二個答案不是「百分之百」，就是「百分之九十九」。會有這些答案的人，表示他們根本就是害怕學習英文；若不是父母連哄帶騙勸他們來試上我的課，打死他們也不會來的。針對第一個答案，我的回答是：如果學習一項技巧或一門學問不具備方法，想要學好它是「非常困難」的；反之就容易太多了。除了天才與白癡外，一般人的資質差異並不大，但是為何有些人在某方面的能力就比你優異？其主

要原因為：你可能不勤學，或你可能想學，但是抓不到訣竅；因此，你的表現就比他人遜色囉！請讀者們自己想想，你是屬於哪種人呢？至於第二題，我回應給學生的答案是：中、英文的相似度有百分之九十五以上，將來在你閱讀本書的過程中，筆者會一一驗證給各位明白。當下，學生當然回我以懷疑的眼光，但是這些年來的教學經驗顯示，他們後來均百分之百地同意我的答案。現在我們就以簡單的例子做為開場。

　　如果我要以中文表示「你來（到）了，我很高興」這句話，請問讀者：到底有多少種表示法呢？可能有許多種，但至少有如下的表示法：

（a）（我）很高興你來（到）了。

（b）（我）很高興有你的來（到）。

（c）（我）很高興你的來（到）。

（d）〔對／因〕你的來（到），我很高興。

（e）你的來（到）令我很高興。

（f）你來（到）了令我很高興。

（g）因為你來（到）了，我很高興。

（h）你來（到）了，所以我很高興。

（i）因為你來（到）了，所以我很高興。

上面例子中的（a）、（f）、（g）、（h）及（i）比較常見於一般人直覺的說法，而其他例子的說法比較繞舌，但是若真要這樣表示的話，大家還是可以理解句子意思。但是讀者相信嗎？中文怎麼表示，英文就能怎麼表示。讀者可能不相信，就讓筆者將上面例子相對的英文句子列示於下，供讀者參考：

(1) I am happy that you come.

(2) I am happy to have your coming.

(3) I am happy for your coming.

(4) For your coming, I am happy.

(5) Your coming makes me happy.

(6) That you come makes me happy.

(7) As you come, I am happy.

(8) You come, so I am happy.

(9) As you come, I am happy. 或 You come, so I am happy.

　　今天舉這個簡單例子的用意，是要告訴學習者一件事，就是：中文與英文間的關係是完全能字字句句相互對照的，請千萬不要聽信他人說的「只要翻個大概意思就可以了」，這完全是外行話而且很不負責任的說法，難怪聽信謠言的後果是英文程度依然可悲。本書就是要破除這些謠言，讓學習者知道：想學好正確的英文是有據可循的，絕不是「差不多」或「大概是」這樣子的答案。因此，請讀者把握本書的每字每句，保證你能輕而易舉地學好英文。

　　想要學好英文，首先要瞭解中、英文之間字、句及結構等背景的「異」與「同」，如此才能建立起學習的基本觀念，也才能做進一步的學習，否則是徒勞無功的。許多上過筆者課的家長及學生，均有感而發地認同筆者授課內容之編排及解說方式，而且認為這樣的方式是化繁為簡的學習寶典，因此可以迅速地建立起觀念，不僅縮短了學習時程，並且完全顛覆了以往學習的不良效果，覺得受用無窮。因此企盼讀者能用心、細心地研讀此書。

2. 中、英文「字」與「詞」組成之異同

　　人類雖然有不同的種族，但是生活習性及想法不會因此而相距太遠，在表達思想的語氣、語調及方式，均大致相同；前述所列的中、英文句子便傳達了這些訊息。嚴格來說，中文的基本元素是「字」，而英文則為「詞」。我們國小一、二年級時就開始學認字，放學回家後要一字一字地寫生字作業；三、四年級時學造詞，放學回家則要寫一行行的造詞作業。中文在造詞方面似乎較簡單；例如「火」字，學生可以發揮聯想力造出許多有意義的詞來，像是：火花、火星、火車、火柴、火把、火球、火腿、火力、火苗、火光、火候、火雞、火警、火山、火災、火葬、火焰、火速、火場……。相較起來，英文就難得多了，前述的中文詞，相對的英文如下：**spark、Mars、train、match、torch、fire ball、ham、fire power、flame、light of fire、time used in cooking food、turkey、fire alarm、volcano、fire disaster、cremate、flame、urgently、the scene of a fire**。英文是沒有「字」的語文，它最基本的元素是「詞」。一般人常說要背「單字」，其實那是不正確的說法，應該說背「單詞」。有用心的人或許會注意到，每年大學學測或指考的英文試卷上，作文題目的解說會要求考生寫出 **120** 個「單詞」的作文。因為現今社會裡大家的權利意識抬頭，如果出題老師不小心翼翼地斟酌每個字句，屆時可能會落得一番讓人丟官的批評吧！因此，讀者要有個認知，就是英文沒有像中文般的造詞觀念，因為字典裡可查到的每一個字就是一個「詞」。如上述的火花、火星、火車、火柴……等，這些詞是學習英文者要自己努力去認得的。其實，學習中文不也要認「字」嗎？筆者的幾個外國友人說，要認識中文真的是非常難呢！因此，筆者要告訴各位學習者，我們背英文單詞應該比外國人背中文還要簡單，所以千萬不要偷懶而再找其他的藉口了！雖然英文單詞很多，一本小字典就含了十萬個以上的單詞，老實說真的不知該如何將所有單詞裝進腦子裡，但是英文的好處是單詞並不死板，有時候可以形成複合詞，構成另一個有意義的詞，如上述的火球（**fire ball**）、火警（**fire alarm**）、火災（**fire disaster**）等。讀者是否有注意到上述的火光（**light of fire**）、火候（**time used in cooking food**）、火場（**the scene of a fire**）等，一個短短的中文詞卻要用多個英文詞結合來表達，這觀念就是在解釋「英文詞」無法像中文般較能隨心所欲地去造個詞，它是有規則的，我們在第二章形容詞時會詳加介紹。

3. 中、英文句子表達之異同

比較起歐美人性格較隨興，國人則顯得保守許多。不僅如此，筆者在研究英文句子結構後，發現歐美人表現在語文的手法上（如：口氣、語調、句讀等），也是如此。仔細分析後，我們可以發覺中、英文的句子在結構上真的是大相逕庭。英文在句子中各個詞之間的關係十分嚴謹，絲毫不能容有一點的脫鉤，否則將造成文法的錯誤，不是令人誤解，就是令人不解。反觀中文，只要不離譜，怎麼寫就怎麼看得懂，即使少幾個非關鍵字或多幾個虛字，也不影響句子的結構。也因如此豪邁的特性，中文常有依各人不同的立場而解讀出不同的意思，造成各執己見，這種情形常見於法律條文的解釋上，難怪常有需要大法官出面解釋的情況出現。這個重要的觀念，相信大多數正在學習英文的人是無法體會的，也因為如此，所以理不出學習的頭緒，因而學不好英文。本章的重點便在於徹底澄清讀者在這方面的觀念，迅即能令讀者建立起中、英文間翻譯的概念，進而可以輕易下筆。

前面說過，中文與英文句子間的字詞具有絕對的對應性，然而讀者必須知道，中文句子的隨意性與英文句子的嚴謹性是極端地不同。也因為學習者不是語言學家，很難去區別這些差異性，所以學起英文來摸不著頭緒，以致於學習沒有效果，造成考試成績不如自己的預期，這確實造成學習者很大的挫折感，終於討厭甚至放棄英文。當然學習者愈討厭英文，英文愈不會主動地喜歡學習者，這種關係因此漸行漸遠，長久惡性循環下來，將造成學習者與英文的關係有如才初次接觸一般，非常地陌生，根本談不上如何使用英文；難怪多年前有則新聞報導調查結果顯示，在台灣的上班族約有八成左右的受訪者，自認自己的英文程度仍處在國中的階段。本書就是要當一個絕對成功的媒人婆，使讀者能很快地與英文重修舊好，把原來的怨偶關係化解成佳偶，今後讀者如果真的個個均能自信地將英文操弄於股掌之中，那絕對是筆者極欲看到的，而筆者的功德也真是無量了；因前輩們有云：這輩子只要能做三對媒，則人生就功德圓滿了。

為了印證筆者所言「中文與英文句子間字詞有絕對的對應性」無誤，下面舉出數個簡單例句，供讀者瞭解：

❶ 太陽在東方昇起，而在西方落下。

本中文句子與英文相對應的詞如下：

太陽：sun　　在東方：in the east　　昇起：rise
而：and　　在西方：in the west　　落下：set

故本例中文句子相對應的英文如下：

<u>The</u> sun rises in the east and sets in the west.

◎註：上面英文句裡劃底線的部分，是基本文法所需（接下來的幾個例子均同，不再贅述），請參考相關文法書籍。

　　或許有些英文文法觀念薄弱的讀者，會對於 rises in the east 及 sets in the west 等字眼，由左至右的直譯意思會產生順序上的疑惑（這表示他有認真在學習而產生的疑問：為何不是 The sun in the east rises and in the west sets. 呢？），其實他得瞭解這是英文副詞的特性（不同特性的副詞在句子中的置放位置不同，讀者可參考英文文法書籍之副詞章節）。當然上面英文句子亦可翻譯成中文為：「太陽昇於東方，而落於西方。」這樣就合於英文句子裡每個字詞的順序了。由此例子可看出，英文的表示方法似乎較中文死板，所以請讀者要牢記這一特性。

❷ 地球一年繞行太陽一次。

本中文句子裡與英文相對應的詞如下：

地球：earth　　一年：a year　　繞：round
行：move　　太陽：sun　　一次：once

所以本例中文句子相對應的英文句子如下：

<u>The</u> earth moves <u>round</u> <u>the</u> sun once a year.

❸ 我每天早上六點鐘起床。

本中文句子裡與英文相對應的詞如下：

我：I　　每天早晨：every morning　　六點鐘：six o' clock　　起床：get up

所以本例中文句子相對應的英文句子如下：

I get up <u>at</u> six o' clock every morning.

❹ 完成了作業，他跑出去打籃球。

本中文句子裡與英文相對應的詞如下：

完成了：finish　　作業：homework　　他：he
跑：run　　　　　出去：out　　　　　打：play　　籃球：basketball

所以本例中文句子相對應的英文句子如下：

<u>Having</u> finished <u>the</u> homework, he <u>ran</u> out <u>to</u> play basketball.

❺ 請告訴我他將何時來看我。

本中文句子裡與英文相對應的詞如下：

請：please　　告訴：tell　　我：me　　他：he　　將：will
何時：when　　來：come　　看：see　　我：me

所以本例中文句子相對應的英文句子如下：

Please tell me when he will come <u>to</u> see me.

　　以上這幾個依字面直譯的中、英文句子中，「中英文字詞的相對性」是否非常明顯又簡單呢？其實是不難的。其中筆者在英文句裡對某些英文單字以底線標示，表示它們與英文文法有關，在此不贅述，往後在相關章節會加以說明。

　　有英文基本概念的讀者會認為，這些句子太簡單，可是遇到較長的句子，就無法如此簡單應用。這個說法並不完全正確，會說這樣話的人表示他沒有用心在中、英文的研究。如果提出這種說法的人是老師，那他一定無法教懂學生，因他本身就不了解，因此無法開啓學生頓悟之門；如果只是一般學習者，那是因為他正在學習，本身沒有能力去發覺中、英文間的關係。大多數人沒想到他們的忽略或不知道這簡單的觀念，竟然是他們學習英文成敗的關鍵。

　　底下的例子就要進一步道出，許多學習者在學習英文過程中的基本障礙。一旦學習者認清這些障礙後，筆者保證學習者會有如獲至寶的感覺；待跨過這些障礙後，將中文句子翻譯成英文句子對學習者而言就應該不是問題了。

3.1 國人學習英文的一些障礙範例

① 她不滿意你的作為。

本中文句子裡與英文相對應的詞如下：

她：she　　不：not　　滿意：satisfy　　你的：your　　作為：doing

若依字面直譯法則，本例中文句子的相對英文句子為：

She not satisfy your doing.（不正確）

　　這句翻譯是錯誤的。因為人的滿意與否是取決於外在因素，此句中的外在因素就是「你的作為」，因此「她」是處於被影響的標的，所以本句應改為被動式。這句的中文可以改寫為：她是不被滿意你的作為。但是這樣的中文又不通順，因此似乎應改寫為「她是不被滿意於你的作為（也就是：**對你的作為，她是不被滿意的**）」較通順些。分析如下：

她**是**不**被**滿意**於**你的作為。

是被滿意：is satisfied　　於：with

則本例中文句子的相對英文句子為：

She is not satisfied with your doing.

當然平常我們不會有「對你的作為，她是不被滿意的」這種說法，在了解英文的原意後，將相對的直譯中文改成我們一般的說法，就會比較通順，也就是本例句的中文意思：她不滿意你的作為。

讀者是否會覺得發明英文的老外祖宗們真可笑，怎麼會如此構思他們的語文？各位讀者請別取笑他們，這只是我們發明中文的老祖宗頭腦的邏輯思緒與他們的祖宗不同。各位讀者可有發現英文的同音字非常少，但是中文的同音字可多到學中文的老外一個頭兩個大，雖然如此，我們依然能把中文使用得非常流暢，這其中的差別只是學習者的立場不同罷了。再往下面的例子看下去，讀者會發現好像到處都有這些現象，如果讀者有此感受，那麼筆者要奉勸讀者一句話：你若想學英文，就得接受這個事實而去適應它，否則它是不可能來遷就你的。

② 她裙子很美。

本中文句子裡與英文相對應的詞如下：

她：she　　裙子：skirt　　很：very　　美：beauty

若依字面直譯法則，本例中文句子的相對英文句子為：

She skirt very beauty.（不正確）

這句翻譯是錯誤的。筆者在前面有提到：「英文是一結構很嚴謹的語文，與中文大不相同。」以剛介紹的例子而言，以中文表達的句子裡，我們習慣於「省略掉」某

些我們不在意的字或詞，也就是說省略掉這些字或詞也不會影響到我們想表達的原意。但是在英文的句子裡，除了標準英文文法允許可省略或必須省略的以外，否則任何一個字都不能省略。筆者在此鄭重地告訴各位讀者，這就是學習者最搞不清楚的觀念之一，請讀者在今後的學習過程中要把這個觀念深植在心中！因此，本句的中文應改為：她的裙子是很美的。

她的：her　　裙子：skirt　　是：is　　很：very　　美的：beautiful

則本例中文句子的相對英文句子為：

Her skirt is very beautiful.

❸ 我們老師生氣了。

本中文句子裡與英文相對應的詞如下：

我們：we　　老師：teacher　　生氣：anger　　了：<u>？</u>

若依字面直譯法則，本例中文句子的相對英文句子為：

We teacher anger.（不正確）

這句翻譯當然又是錯誤的。可能有些讀者閱讀本書到此時，會覺得筆者是否在開玩笑，這些簡單的句子哪要筆者來解釋，一點分量都沒有。如果讀者有此看法，請稍安勿躁，本書乃是以最簡單且具親和力的例子，來說明一些學習英文應具備的基礎，以便讓英文程度稍差的讀者都能容易看懂，程度稍好的，則基礎會更穩固。況且這些基本觀念可是許多學習者的罩門啊！

本句的中文若改為：

我們的老師是生氣的。

我們的：our　　老師：teacher　　是：is　　生氣的：angry

則本例中文句子的相對英文句子為：

Our teacher is angry.

④ 你給我的不是我想要的。

本中文句子裡與英文相對應的詞如下：

你：you　　給：give　　我的：my　　不是：is not
我：I　　想要：want　　的：_?_

若依字面直譯法則，本例中文句子的相對英文句子為：

You give my is not I want.（不正確）

讀者是否發現到，在中文的使用上，我們會自然地「省略」一些字或詞，但有些時候反而會「增加」一些贅字（虛字）。這也難怪多年前一則新聞報導說，聯合國的各國代表經常會參予開會，在尚未推行無紙化運動前，會議紀錄都得翻譯成多國語文並加以存檔，每次譯文總頁數最少的一定是中文。因為中文簡潔且含意深遠，尤其「文言文」更是如此。現今文言文已少用在我們日常生活中，取而代之的是推行已久的白話文。然而，白話文與英文相對的字詞關係，卻深深造成了我們學習英文的困難度。

本例句若改為「你給我的**東西**不是我想要的**東西**」，則比較符合英文所要表達的完整性（或許讀者會覺得以中文表達的立場來看，這句簡直就是小孩在說的話！沒錯，這就是中文翻譯成英文的基本竅門。這是一般學習者想不到的，也是許多英文老師無法明確告知學習者的簡單觀念，因而造成「教者無力，學者無所適從」，導致長年來台灣英文教育每下愈況的窘境）。東西＝ thing，故正確相對的英文句子為：The thing you gave me is not the thing I want. 也可簡潔地寫成：What you gave me is not what I want.。讀者如果看不懂這兩句英文的結構，請別擔心，這將在「關係代名詞」的相關章節中詳加介紹。

❺ 她暑假去學游泳。

本中文句子裡與英文相對應的詞如下：

她：she　　暑假：summer vacation　　去：go　　學：learn　　游泳：swim

若依字面直譯法則，本例中文句子的相對英文句子為：

She summer vacation go swim.（不正確）

當然這句英文是不合乎英文文法的。國人習慣在敘述「時間」、「地方」、「位置」及「方向」等副詞時，省略了「在……」的字眼，以致於中文翻譯成英文時會漏掉介系詞。如：（在）門的左邊有張椅子（There is a chair (to) the left of the door.）；（在）今天早上九點我要開會（I have to attend a meeting (at) 9:00 this morning.）（註：括弧內兩句英文的介系詞是不應該省略的）。因此本例句的中文應改為：她在暑假裡去學游泳。在……裡＝ in，此句中文譯成英文則為：She went to learn swimming in the summer vacation.。此句中為何以 to learn 與 swimming 分別取代 learn 與 swim，這將在不定詞與動名詞的章節詳細說明。讀者或許會問，I have to attend a meeting (at) 9:00 this morning.，這句為何不必在表示時間的 this morning 前加上介系詞in 呢？沒錯，這些日常生活中慣用已久的副詞片語確實不用加上介系詞，如：last night、every morning、the day before yesterday、every other day、next day……等，加了介系詞反而是錯的；但也僅限於這些慣用語詞罷了，其他情形下則一定得加上介系詞。

❻ 這男孩把窗戶打破了。

本中文句子裡與英文相對應的詞如下：

這男孩：the boy　　把：take　　窗戶：window　　打破：break　　了：?

若依字面直譯法則，本例中文句子的相對英文句子為：

The boy take window break.（不正確）

　　這句國人常用的典型中文例句，如果硬要逐字翻譯，則正確的英文為：**The boy had the window broken.**。但是對英文而言，就比較少使用這樣的說法，英文會傾向直接表達為：**The boy broke the window.**，中文的意思為：這男孩打破了窗戶。在我們日常生活中，這種中文例句的表達方式在使用上非常的普遍，如：把鞋子弄髒了、把事情搞砸了、把英文弄懂了。又例如：他將字典借給了我，翻譯成中文的話，這句中文應改為：他借我字典（**He lent me the dictionary.**）或他借字典給我（**He lent the dictionary to me.**）。以上的例子中，「把」、「將」、「了」這幾個字的功用有如虛字一般，是沒有意義的。這正是本節討論的重點之一，也就是：中文句子裡常有虛字的出現，而在英文句子當中則是罕見的。請再看下面例句。

⑦ **他所說的我都不懂。**

　　本中文句子裡與英文相對應的詞如下：

他：he　　　　說：said　　　所……的：what　　　我：I　　　都：all
聽：listen　　　不：not　　　懂：understand

　　若依字面直譯法則，本例中文句子的相對英文句子為：

What he said, I all listen not understand.（不正確）

　　本句英文當然不可能是對的，並且錯得離譜。如果將本句中文改為：「他所說的話是我所聽不懂的話」，就可以了。所……的話＝ **what**，是＝ **is**，所以本句中文之相對英文句子為：**What he said is what I do not understand.**。因此，本中文例句中的「都」、「聽」均可視為無意義的虛字（其實「都」字並不是虛字，因其意為「所有」或「全部」，而 **what** 字眼正含有此意，為便於解釋，故為之）。讀者或許會問，中文句子裡的虛字和常省略的字該如何判定，並如何以適當的方式刪字或補字？筆者要告訴讀者的答案是：這是沒有公式可循的，得要看讀者對中文的認知了。如果讀者無法判別中文句子中的虛字或省略掉的字，那就表示讀者連對自身母語（中文）的瞭解都是不夠的，得趕快加強自己的中文，否則如何去學另一種語文呢？這是很重要的。但是請別灰心，勤能補拙，何況這些只是白話的中文而不是文言文啊！

⑧ 爛的蘋果不能吃。

本中文句子裡與英文相對應的詞如下：

爛的：rotten　　蘋果：apple　　不能：cannot　　吃：eat

若依字面直譯法則，本例中文句子的相對英文句子為：

Rotten apples cannot eat.（不正確）

這句翻譯是錯的。因為蘋果不是動物或人，它無法吃東西，而是被吃的角色。這個觀念可能在國中時期老師就教過，但是有太多人依然會寫錯。當然對動詞而言，硬要毫無「被動」觀念的學習者在翻譯時直接以被動的型式寫出，似乎有點困難。但如果把重點放在中文句子上加以考量，就不會有困難了。我們可以將本例中文句子改成：

爛的蘋果不能<u>被</u>吃。

被吃：be eaten

則本例中文句子的相對英文句子為：

Rotten apples cannot be eaten.

然而，「這工作容易做」，直譯的英文為：**The job is easy to do.**，讀者或許會問：job 是人做的，為何用 **to do**？沒錯，原則上應該使用 **to be done**，但是近年來歐美人士在使用不定詞時，漸漸習慣將被動式改為主動。因此本英文句子也可寫為：**The job is easy to be done.**

⑨ 早餐要吃得豐富。

本中文句子裡與英文相對應的詞如下：

早餐：breakfast　　要：should　　吃：eat　　得：<u>？</u>　　豐富：rich

若依字面直譯法則，本例中文句子的相對英文句子為：

Breakfast should eat rich.（不正確）

這句例句與上一個例句有點類似，因為「早餐」不是人，所以不會吃東西。所以，本句應改寫為：「吃的早餐要豐富」或「早餐吃起來是要豐富的」。改寫後這兩句中文才可分別寫出相對的兩句英文：The breakfast to eat should be rich. 及 Breakfast should be rich to eat.。當然，語文的表達不是唯一的，本例句也可以補加入一些字，用其他方式來表達。如果將本中文例句改成：「我們吃的早餐要豐富」、「對早餐而言，我們要吃得豐富」或「在早餐時，我們要吃得豐富」；這幾句的意思類似於原例句，表達方式也相當正確，因為早餐一定是指我們吃的，或是指在早餐的時間裡我們所吃的東西。這幾句改寫的中文句子，相對應的英文句子分別為： The breakfast we eat should be rich；For breakfast, we should eat the rich of it；At breakfast, we should eat the rich of it.。

有些句子在中文解釋時說得通，但是在英文則不一定適用。例如，如果將上面例句的中文改成：早餐要「豐富地」吃；以中文的角度來看，我們肯定能會意並且接受這種說法，但是在英文的立場絕對是不允許的。因為「豐富地」是副詞，是用來修飾「吃」的動作。請讀者仔細想想，這個「吃」的動作是否要以狀態（如：大口、小口、狼吞虎嚥或細嚼慢嚥）、方法（如：用筷子、刀叉或湯匙）或程度（如：多或少）等副詞來修飾才較恰當，而「豐富」這字眼似乎是用來修飾「物」的一個詞。因此「豐富地」一詞不適合用來修飾「吃」這個動詞。

再舉個例子，近年來台北市為求國際化，各公共設施的說明除了中文外，都會附帶英文的標示。像是台北市各捷運站裡的手扶梯旁會有個標誌，旨在提醒搭乘者要「站穩」以免跌倒，標誌中「站穩」的英文用字為 stand firmly，其實是錯誤的。我們中文可以說：請<u>穩穩地</u>站著（Please stand <u>firm</u>.），或是：請站得<u>穩穩的</u>（Please stand <u>still</u>.）。英文字 firmly 是副詞，意思是「堅定地」或「果斷地」，而不是「穩穩地」。firm 能當形容詞或副詞，但是在此為副詞，表示「穩穩地」。still 也能當形容詞或副詞，但是在此為形容詞，意思是「不動的」。still 如果當副詞用時，意思是「仍然」。本段的重點在於說明，英文字的詞性如果不同時，會有不同的意思，不可誤用或誤解；

相對地，中文亦然。

　　針對本例中文句子中表示「程度」的副詞，有時中文是無法一對一以英文去翻譯的，必須先瞭解中文的實際含意，然後以傳神的英文字眼來翻譯，這點就有勞讀者費心去揣摩並練習，日久必能掌握翻譯的精髓。接下來看下面的例句分析則是另一種「狀態」式的副詞。

⑩ 她舞跳得很優雅。

　　本中文句子裡與英文相對應的詞如下：

她：she　　舞：dance　　跳：jump　　得：to　　很：very
優雅：elegance

　　若依字面直譯法則，本例中文句子的相對英文句子為：

She dance jump to very elegance.（不正確）

　　這句翻譯錯得離譜。本句是學習者翻譯成英文時，常常將「副詞」與「形容詞」弄混的典型例子。英文並沒有像本中文例句這樣的敘述方式，而是簡潔地呈現為：她很優雅地跳著舞（She dances elegantly.）。此句中文的原意若要解析，應解說成：她跳舞達到很優雅的狀態（She dances to an elegant state.）。中文也可以這樣說：她的舞跳得很優雅；但是英文就無法這樣表達，因為舞本身不會跳，而是人在跳的。如果是：她的舞很優雅，相對的英文則為：Her dance is very elegant.，也就是：她的舞是很優雅的。

　　諸如此類的例子不勝枚舉。例如：她歌唱得很快樂＝她快樂地唱著歌＝ She sings merrily；馬跑得很快＝馬很快地跑＝ The horse runs very fast。然而「他事情做得很好」≠「他很好地做事」，而是「他順利地把事情做好」＝ He did the thing well。因為做某件事情的結果只有過程是否順利，而不是事情到頭來有好、壞之分。讀者要將本例句的觀念建立清楚，否則不是無法翻譯，就是翻譯的結果會辭不達意。請讀者多用心於此。

⑪ **雖然她美麗，但脾氣不好。**

　　有了前面多個例子所介紹的重要概念，本中文例句應修改為：雖然她<u>是</u>美麗<u>的</u>，但<u>她的</u>脾氣是不好<u>的</u>。本中文句子裡與英文相對應的詞如下：

雖然：though　　她：she　　　　是：is　　美麗的：beautiful　　但：but
她的：her　　　脾氣：temper　　是：is　　不：not　　　　　　好的：good

則本例中文句子的相對英文句子為：

Though she is beautiful, but her temper is not good.（不正確）

　　事實上，本英文句子含有兩個所謂的子句（讀者如果目前不懂子句的定義並無妨，在往後章節論及五大句型時就會明瞭）。這兩個子句是由一個連接詞（**though** 或 **but**）所引導而形成的一個完整的英文句子。

　　這裡有個重要的觀念，<u>就是英文的連接詞大都是以「單詞」的型態出現，而中文則多以「雙詞」的型態呈現出較順暢的表達方式</u>。也就是說，本中文例句的正確英文為：**Though she is beautiful, her temper is not good.** 或 **She is beautiful, but her temper is not good.**，這個觀念請讀者牢記。

　　讓我們回頭看本中文例句，其實也可以改為：「雖然她是美麗的，她的脾氣是不好的」或「她是美麗的，但她的脾氣是不好的」。由此看來，<u>中文真的是怎麼寫都通順，但是英文就非常地死板了！多個字或少個字都不可以</u>。當然這例句的英文還有其他種寫法，如：分詞構句等方式，都可完整呈現本例中文句子的原意。在此，筆者還要再給讀者一個<u>重要觀念，就是：中文的表達較隨興，但是中文使用的句型較無變化；英文雖然表達得較嚴謹（也可以說是「死板」），但是英文可互換的句型則多些</u>。從這些細微處，我們可觀察出我們之所以稱英國男人為紳士，不是沒有道理的，因為紳士的行事風格是一板一眼，非常拘謹的，絲毫不馬虎，但是這些紳士又不想令他人看出他的刻板，於是在句型的結構上增添了些花樣，如此一來，在文章裡的文筆可以比較活潑地變換句型，而不會讓讀者感覺生澀。但是沒料到這可害慘了非英語系國家的人在英文方面的學習。不過讀者們請別灰心，今天筆者寫這本書，就是要替你們破解這些讓你們學不好英文的魔咒，使各位能很快就學好英文。反而是外國人想學中文的話，

光是認識中文字就難倒他們了。所以我們還算是幸運的一群呢！

⓬ 那本書你遞給我。

本中文句子裡與英文相對應的詞如下：

那本書：that book　　你：you　　遞：pass　　給我：to me

依字面直譯法則，本例中文句子的相對英文句子為：

That book you pass to me.（不正確）

英文是沒有這種寫法的，正確的英文句子應為：**You pass that book to me.**（你遞那本書給我）或 **You pass me that book.**（你遞給我那本書）。本中文例句是我們常用的一種表示方式，經常會先提及重點的事物，然後才會跟著描述那個事物的句子。如：「這件事你得仔細思考」、「遙控器不要亂按」、「機會你要好好把握」、「山上的瀑布你看到了沒」、「午餐吃過了嗎」、「車票買了沒」……等，多得不勝枚舉。

到目前為止，前面舉的中文例句，只不過是學習過程中常會遇到的狀況，因為那些中文的表達方式，是我們日常生活中習以為常的中文句型，其實無法直譯成英文的，讀者一定得深切了解。往後章節如果有其他情況的中文句型，筆者會再提出來解說。

總而言之，讀者在做「**中文翻譯成英文時**」，得把握兩個重點：一、將中文句子裡省略的中文字補足，使句子白話到有如小學生寫的句子；二、將中文句子裡的贅字（虛字）刪除；必要時得調整句子，但是不可失去句子的本意。這即是在說明：中文句子常省略一些不影響句意的字，或增加一些有順句意的虛字，讀者要能分辨，這是讀者必須儘快培養起來的一種翻譯技巧。讀者由此可看出，英文句子結構十分嚴謹，絲毫不可任意省略或增加一個字，即使是最不起眼的「介系詞」也是。

多年來，筆者在課堂上都會開玩笑地告訴學習者，來上筆者的課，不僅英文能大有斬獲，連中文都會進步。基本上，筆者在分析句子的結構時，為了避免學習者因為一般老師以英文句子解析英文的方式教學，而心生恐懼並排斥學習，所以在引導學習

者入門時，都會以簡單的中文句子為本，並加以深入剖析，使學習者從中文句子結構中，去瞭解相對的英文句子結構，以達到最佳的學習效果。本書往後章節的解說，將會大量倚重本節所敘述的概念，請讀者務必熟讀本節，以建立好中、英文翻譯的基本技巧。

4. 英文單詞（單字）的「詞性」 （★非常重要的觀念）

筆者相信，打從讀者學英文的第一天起，老師就要你多背英文單詞（單字）。這就等同於你在小學一年級時老師就要你多認國字一樣，並且每天回家作業要寫上個十來個單字才行。不僅如此，由於平常生活周遭的耳濡目染，無形中你也記了不少國字。因此，讀者們在中文的使用上是不成問題的。相對地，你有以同樣的方式去認識並記憶英文單詞嗎？如果沒有的話，你的英文程度當然不好。學好英文的方法不外乎多記單詞、成語及句型（當然了，要瞭解使用方式及時機以後才背），再加上深入瞭解文法，此外還得多練習已瞭解的部分，並持之以恆；如此英文才會真正地被你所擁有，就如中文之於你一般。

對於新來筆者班上的學習者，我每次都會問：你們在背單詞時，是否有背記「詞性」呢？我所得到的答案，約有百分之八十是沒背「詞性」的。中文字詞的詞性很明顯，我們只要在「名詞」後面加上一個「的」，則這個名詞就變成「形容詞」（如：快樂的、美麗的、勤勞的）；一般而言，只要在「名詞」後面加上一個「地」，這個名詞就變成「副詞」（如：快樂地、美麗地、勤勞地）。但是對英文而言，單詞（字）的形成則較無規則性，這點與中文字詞大不相同，這也就是我們在學英文時，得強迫背英文單詞及其詞性，以避免在使用時產生錯誤。例如，就副詞而言，只要不是特殊的英文單詞，在形容詞後加上 **ly**，就可構成副詞。但形容詞就比較複雜，我們只能大概從單詞尾部的結構，判斷它是否是形容詞，如：～ **ive**、～ **able**、～ **ible**、～ **less**、～ **ful**、…等。確實是有些英文單詞可以理出某些規則，像是加個字尾就成形容詞，但這不是通則，並不適用在所有動詞或名詞上。同樣地，英文的名詞及動詞單詞的構成也不一定有規則可循，這得靠學習者多接觸及多背了。

基於上述的說明，我們在背英文單詞時，一定不可不背記單詞的「詞性」，否則你在使用它時就容易產生錯誤。讓我們來看下面的例子：

❶ 人人都喜歡美麗的東西。(Everyone loves beautiful things.)

　　說明：美麗的＝ beautiful，為形容詞。

❷ 美麗不意謂真實。(Beauty does not mean truth.)

　　說明：美麗＝ Beauty，為名詞。

❸ 她是個美女。(She is a beauty.)

　　說明：美女＝ beauty，為名詞。

❹ 瑪莉舞跳得真美。(Mary dances beautifully.)

　　說明：美＝ beautifully，為副詞。

❺ 音樂可以美化人生。(Music can beautify life.)

　　說明：美化＝ beautify，為動詞。

上述例子，對於「美」所延伸的各種不同單詞，不僅中文意思不同，功能也不同，不可相互置換，這情形也見於其相對的英文單詞，這主要是因為不同單詞具有不同的詞性罷了。所以讀者對於「背記單詞時，得背記其詞性」這一觀念不可不牢記。

當然這只是一般的基礎觀念，讀者一定不陌生，有些字兼具兩種或多種詞性，這點也要學習者去分辨並背記，因這是英文字詞演變的特性。

4.1 常用的詞類

坊間一般介紹英文文法的書籍，通常會在一開始時介紹八大詞類，但是本書不再一一介紹，而是把讀者比較不清楚的「詞類關鍵性表示法」整理後，加以剖析其意義及使用的時機，使讀者能正確掌握英文句子結構的精髓，操弄英文，而非奴役於英文，而這就是筆者當初編寫這本書的目的。

從古至今，中外語文學家一致認為，英文最難瞭解並使用得當的詞類是「動詞」，因此街坊書局裡不乏專門討論動詞的書籍。筆者想請問各位讀者：你認為次難使用的

是哪種詞類呢？你總不會告訴筆者：「任何詞類都很難」吧？筆者個人認為，次難使用的詞類是「形容詞」。說真的，形容詞的結構確實有些複雜，一般人在看文章時，大都是因為形容詞在句子中的角色呈現多樣，因此而看不懂句意。本書將在本章結束後，大篇幅地探討形容詞的奧祕，一一將其擊破，使之無所遁形。因此在分析句子之前，你必須先瞭解詞類本身的意義。「名詞」是指某樣具體或觀念單位之稱呼，如：老師、眼鏡、幸福、資質。「動詞」是指一個動作或一種狀態，如：打、踢、說、看、停留、維持、似乎是、看起來。「形容詞」是指加諸在名詞上的修飾詞、片語或子句，以進一步說明名詞的特性，如：美麗的、未完成的、我喜歡的、昨天她遇到的。「副詞」的功用與形容詞相當，是一修飾詞、片語或子句，但它的功能較形容詞強大，它可修飾任何一種詞類，不過主要還是以修飾動詞居多。「介系詞」是一很特別的詞類，它無法單獨存在，必須和其他詞類結合起來才能構成有意義的片語。介系詞與動詞結合時，介系詞則扮演副詞的角色，用以修飾動詞，如：**look after**、**take off**、**bring down**、**come in**；然而，大多數時機它是與名詞結合起來使用，以構成副詞（如：**with care**、**on time**、**by train**、**at night**）或形容詞（**books** on the desk、**balls** in the box、**a ticket** to Taipei、**a mail** from my friend）之詞性而修飾其他詞類；請讀者一定得牢記此一重點。

　　介系詞是英文句子結構裡一個非常特別的詞類，然而中文卻沒有此項詞類。這也是造成許多人學不好英文的一項主要原因。除了成語字典裡所編列的成語中所含的介系詞與其他詞類結合起來具有特定意義外，在表達句意的同時，若想要適當地使用介系詞，得靠平常用心體會介系詞在各種狀況下所扮演的角色，否則不是辭不達意，就是令人誤解，讀者不可不慎。

　　筆者經常向學習者比喻，「介系詞」就如同中藥裡的「甘草」般，它是小角色，無法治大病，但是沒有它的參與，中藥真是難以入口，更別談下嚥。介系詞也像飛機硬體結構中的「小螺絲釘」，沒有它將一片片的金屬牢牢連結成飛機的外殼，這龐然大物又何能飛上天啊！因此可見英文若少了不起眼的介系詞，那英文可能只能用來表達有限的兒語罷了。

　　因本書強調要在最短時間內，將學好英文（翻譯及寫作）的要領呈現給各位讀者，以期達到最高學習效率的結果，所以介系詞、連接詞、代名詞及感歎詞，目前將不列在本書的介紹範圍，讀者可參考其他文法書籍，否則本書之出版時間將不知還得拖多久；但是若遇有相關部分需要解釋時，本書依然會適時地說明，請讀者別擔心。

4.2 形容詞的特性

形容詞的功能是有限的，它的特性只能修飾名詞類（如：普通名詞、代名詞、動名詞）的字詞。形容詞在句子中出現的位置，是在被修飾詞的前方或後方。形容詞如果置於被修飾詞的前方，這種修飾法稱為前置修飾法；如果形容詞置於被修飾詞的後方，則稱之為**後位修飾法**。稍後本書將會介紹後位修飾法在英文句子中的重要觀念及地位，讀者得特別留意之。形容詞出現的型式可簡單地分為：單詞式，如：**a beautiful girl**（美麗的女孩）；片語式，如：**a book on the desk**（書桌上的書）；以及子句式，如：**the apple I like to eat**（我愛吃的蘋果）等三種。

4.3 副詞的特性

副詞的功能非常強大，它的特性是能修飾所有的詞類，但主要是修飾動詞，這在英文的拼字上即可看出端倪（副詞的英文拼字為 adverb，有如 ad**ded to the** verb 般）。舉凡生活中有表示如下述意思的詞類都可以副詞之性質看待，如：時間、地方、方向、條件、讓步、原因、理由、目的、方法、狀態、手段、數量、程度、否定等。副詞出現的位置比較具彈性，有時置於被修飾詞的前方、後方，或含有遠離被修飾詞的句子之句首或句尾。本書在此不特別詳述，請有興趣的讀者參閱其他有關討論英文法的書籍。副詞出現的型式也與形容詞相似，可簡單地分為：單詞式，如：**I get up early.**（我起得早。）；片語式，如：**He arrived on time.**（他準時到了。）；以及子句式，如：**If it rains, I will stay at home.**（若下雨，我將留在家裡。）等三種。

4.4 後位修飾的重要性（★非常重要的觀念）

「能否學好英文」，在於「是否你深具**後位修飾的**概念」。如果你欠缺這個概念，請現在馬上建立，並永植於你腦海中，否則英文是學不好的。中文或許還有補語（稍後會介紹）的概念，但是卻鮮少有後位修飾的概念。列舉下面例句，讀者在讀過之後便會恍然大悟。中文的敘述是習慣於前置修飾法，也就是「形容詞」都會置放於「被

修飾詞」的前方。例如：我要送你一個**中間夾有布丁的、兩層的、外面塗有巧克力的、上面舖滿新鮮水果並插有點燃藝術蠟燭的香草（的）派**。在陳述這句話的期間，受贈者或許會很期待贈與者能快快說出到底是什麼東西，也或許受贈者在贈與者逐一說出形容詞的期間就急於脫口猜說：是蛋糕吧？但是萬萬沒想到最後的答案竟是「派」。

英文的敘述則完全不同於中文的敘述。以上述的例子而言，英文的敘述方式會先將「派」說出來，然後接著才會用不同的「形容詞」一一將「什麼樣的」派加以形容出來（這就是英文習慣使用的後位修飾法）。在傾聽的期間，受贈者的心情是期待贈與者將形容詞說得豐富些。上述中文句子之英文翻譯將可為：I will present you a vanilla pie, double-layered with pudding stuffed inside, coated with chocolate, spread with fresh fruits and stuck with lighted artistic candles. 讀者如果看不懂這句英文，請不用擔心，往後筆者在介紹關係代名詞時會詳細解說的。不同民族表達的邏輯思維是有所不同的，因此聽者的期待心情也不相同。本書便是要藉由舉出的例子讓大家瞭解中、英文背景的不同處，讀者才能體會並建立起正確的學習觀念，而不致白忙一場。

有了前述的說明後，請讀者記得：**中文句子**的敘述是習慣**先**將形容詞表達出來，最後才將被修飾詞（名詞）陳述出來；**英文**則「**大致上**」**相反**。筆者為何會說「大致上」呢？在上述的中文句子中若再加上兩個形容詞於其中，則句子或許可成為：我要送你一個中間夾有布丁的、兩層的、外面塗有巧克力的、上面舖滿新鮮水果並插有點燃藝術蠟燭的**十吋方型**香草派。讀者可看出「十吋」及「方型」也置放在被修飾詞「派」的前方，這符合中文的一貫前置修飾法。然而，請看這句中文相對的英文句子：I will present you a 10-inch square vanilla pie, double-layered with pudding stuffed inside, coated with chocolate, spread with fresh fruits and stuck with lighted artistic candles. 此時，10-inch 及 square 甚至 vanilla 竟然與中文一樣採用前置修飾法，而非後位修飾法。哇！這樣一來，不是會將讀者搞得一頭霧水嗎？讀者請別著急，這些疑點會在後續討論形容詞的章節中，一一地加以解釋清楚。

一般人總覺得英翻中比中翻英容易多了，最起碼可從單字的意思去猜猜它整句的意思。可是真的是如此嗎？讀者既然有了上述的後位修飾概念，接下來請以流利的中文翻譯下述的英文：

❶ An apple in the basket with a handle hooked on the wall

❷ Two of the balls in the box on the table made of the wood from the plant located in a small town we lived in before were broken.

　　如何？是否繞舌呢？以翻譯成中文的觀點來看，確實是有點繞舌，但是上述的英文卻是不折不扣的英文呢！如果讀者認為上述的英文很繞舌，這就表示你還沒深植「後位修飾」的概念，要加油喔！但是別灰心，請繼續看下面的解說。

　　上述第一個例子的英文不是個句子，它只是一個帶有堆疊式形容詞（以後位修飾方式呈現）的名詞。將其拆解後的原意可為：

❶ 在籃子裡的蘋果

❷ 帶有手把的籃子

❸ 掛在牆上的手把

將上述三句中文結合起來，並以流利的中文敘述可為：

「手把掛在牆上的籃子裡的蘋果」

　　上述第二個例子的英文則是個完整的句子，句子裡主詞的形容詞也衍生出一連串的堆疊式形容詞（以後位修飾方式呈現）。將其拆解後的原意可為：

❶ 球裡的兩顆是破的

❷ 箱子裡的球

❸ 在桌上的箱子

❹ 木頭製的桌子

❺ 來自於工廠的木頭

⑥ 座落在小鎮的工廠

⑦ 我們以前住的小鎮

將上述七句中文結合起來，並以稍微通順的中文敘述可為：

「在我們以前住的小鎮的工廠的木頭製成的桌子上的箱子裡的兩顆球是破的。」

　　上面的例子是否會令你倍覺困擾（如果讀者真的不懂的話，請先別擔心，後面形容詞的章節將會詳細地剖析）？這是難免的，因為這是一個在學習英文的過程中不容易突破的關卡，讀者需要有耐心地將上述例句慢慢動腦消化理解，如果能突破這個關卡，學習英文的路會愈來愈平坦。這是測試讀者將來是否有學好英文的主要關鍵哦！套句電視上古老的廣告詞：**Trust me, and you can make it.**（注意哦！廣告詞裡少了 <u>and</u>，那是錯誤的）。

4.5 補語的重要性

　　「補語」的定義是：用來補充說明某個名詞的詞、片語或子句。中文句子裡是有補語概念的，但是用得不多，英文句子裡則司空見慣。因此，請讀者也要把補語的觀念深植腦海，否則學習英文的過程中會出現盲點。現在讓筆者舉以下中文例子，讀者便能更清楚瞭解何謂補語。

① <u>我</u>是<u>老師</u>。

② <u>她</u>變得<u>沉默</u>。

③ 穿藍色軍衣的<u>軍人</u>是<u>空軍</u>。

④ 我們稱呼那個<u>女孩</u><u>瑪莉</u>。

⑤ 打電玩能使<u>學生</u><u>快樂</u>。

❻ 老師視教好學生為己任。

❼ 他有個妹妹，美得令人想追。

❽ 我買了支 iPhone，好貴哦！

❾ 她唱了首歌，還蠻好聽的。

❿ 我向他請教了個問題，怎樣我才能交到女友。

⓫ 我有個朋友，善體人意又熱心，叫做吉米。

⓬ 王大空，打破了窗戶，被老師處罰。

　　上述的中文句子中，標示有雙底線的部分是「補語」，是用來進一步補充說明標示有單底線的名詞。上述 1 ～ 6 的句子型式，將在下節討論五大句型時詳細解說。至於 7 ～ 12 的句子型式，還算常見於中文的口語中，但訴諸於文字的機會卻沒那麼頻繁；然而在英文裡卻是常見。往後在介紹關係代名詞的章節時，請讀者要特別留意這種補述用法的時機，否則差個標點符號的標示，整個英文句子意思就大大不同了。

5. 中、英文句子「完全相同」的基本結構（五大基本句型）

　　筆者每次開授新班時，總喜歡講一個來上過課的景美女中高二的范姓女同學的小故事。這位同學的母親是在學期結束時打電話給筆者，說她女兒的英文進步得非常多。她說，回溯到剛來上完前兩堂課後，女兒回家時都會向她抱怨，嗆說筆者怎麼教那麼簡單的觀念，因為五大句型在國一時老師就教過了（雖然老師教過了，但是不因而保證她完全瞭解什麼叫做五大句型及其重要性）。然而在第三堂課後，女兒回家進了門時，卻高興得以大嗓門告訴她：媽媽，我開竅了。從那個時候開始，她女兒對於英文的學習可說易如反掌；主要原因便在於她已領悟到學習英文的方法了。更神奇的是，隔了兩年，有位東山高中一年級的沈姓女同學，由母親陪同來上了一堂課後，她母親竟迫不及待地當晚致電給筆者，說她女兒已抓到學習的竅門。另一位銘傳大學日文系

的黃姓重考生，也強烈地感受到，並問筆者：「老師，英文就只是這樣學習的嗎？」另外，母親全程陪同來上課的松山工農夜間部高一孫姓同學，在上第二堂的課後，自動前來告訴筆者，說從小母親要他學美語以來，所學的都不及筆者兩堂課裡所教的。

今天筆者再次重申，提及上述的往事，目的並不在炫耀筆者的功勞，而是要讓讀者對本書深具信心，因為本書是許多家長催促筆者，將這十幾年快速啟發學習者的教材用心編纂而成，主要目的在於嘉惠想學好英文但卻苦無方法的人。說真的，翻譯或抄編書本較容易，但是認真寫書卻是很困難的。除非是暢銷書，否則寫書是賺不了錢的。給予學習者正確的指導，使他們能簡易地掌握學習的技巧，以便更進一步地學習，這便是筆者最樂於見到的事。請讀者瞭解筆者的用心良苦，希望本書能帶給每位用心的讀者最大的學習效果。筆者會在本節的開頭提及一些印象深刻的往事，最主要的原因，在於強調本節即將討論的「五大句型」的重要性，希望讀者務必仔細地研讀再三，這基本的觀念如果無法正確地建立清楚，則後續的學習是會有障礙的。

筆者前面提過，相信讀者在學生時代，老師一定沒教過中文的文法。本書之不同於街坊所有英文教學書籍，是因為本書打破了傳統英文教學方式，改以中文句子及中文慣用方式為背景，進而解析字、詞間的關係與句子的結構（這就是所謂的文法），使讀者能深深領悟到中文句子裡各元素間的關係及句子的組成；如此，再以相對的英文元素加以解說，讀者便可輕易地瞭解到英文與中文的相對關係與結構了。

筆者猜想，大多數的讀者可能未曾思考過，中文五大句型到底與英文的五大句型有什麼關係，甚至從未聽說過中文有五大句型的說法。筆者在此先敬告讀者：本節所要談的中文五大句型，事實上與英文的五大句型完全相同（其實全世界的任何語言均具備這標準的五大句型，至於其他的句型，也都是這五大句型演變出來的）。這正是筆者前面為何曾經強調，中文與英文的相似度是高達百分之九十五以上的。由於人類的習性及想法不會相去太遠，因此語文的演進，除了文字的發展截然不同外，在整個句子的結構及表達方式大都是相近的；這點要請讀者用心漸漸去體會。

「五大句型」指的是我們在用句子來表達思想時，句子的結構一定得合乎這五種型式，否則便是一錯誤的句子。如果所敘述的句子不合乎這五種結構其中的某一種，就沒人能懂這句子的意思了。說到此，筆者提個小往事給讀者輕鬆一下。在 2013 年時，筆者曾教過台灣某科技大學三年級的職場外語課程，由於學生的基礎差，又不愛學習，期中考下來只有兩個及格，三分之二的學生考零分。在試後筆者為學生檢討中翻英考

題時，抽樣同學的答案寫在黑板上，未料許多考零分的同學都能翻譯下面的句子，並且還振振有詞地說老師真菜，為何連這種句子都不懂。讀者們，試試你們的程度，請試著翻譯下面的句子：

❶ Teacher say not believe talk lie's people.

❷ I not lend you I no love look novel.

學生們的翻譯如下：

❶ 老師說：不要相信說謊的人。

❷ 我不借你我不愛看的小說。

沒錯！他們所翻成的中文句子便是我出題的那兩題，上面的英文句子則是大部分同學翻譯出來的答案，真的是恨鐵不成鋼啊！他們還大言不慚地說，如果他們所翻譯的英文可以讓其他老師或同學看得懂的話，那我就得認同他們的答案，並且給予及格的分數。

筆者真的不知該哭還是該笑？！讀者們，你們說呢？

其實筆者研究的結果，這世上的任何語文均可將其表達的句子歸類為這五大句型。這五大句型之所以能夠被歸類，是由於不同的動詞具有不同的特性而決定的；也就是說，所有的動詞依其表現的特性，可歸為五類（有些動詞本身就具有一個以上的特性而可用在不同的句型裡，讀者得注意此點）。請看筆者底下的介紹。

5.1　句型一：主詞＋動詞（S ＋ Vi）

＊例：鳥兒飛。

這是最簡單的句子。例句裡的「鳥」稱做句子的主詞，「飛」是句子的動詞。句

子的最基本結構就屬此句型。諸如此類的句子，還有：人走、嬰兒哭、瘋子鬧、馬兒跑、雞鳴、狗吠、昆蟲爬、青蛙跳等。

　　為利於解析，本書將「主詞」以 S 表示；「動詞」則以 V 表示。「動詞」還可分為「不及物動詞」（以 Vi 表示）、「及物動詞」（以 Vt 表示）、「不完全不及物動詞」（以 Vii 表示）、「不完全及物動詞」（以 Vit 表示）。本例句中的「飛」是個不及物動詞。所謂的「不及物」，是指該動詞的動作不會觸及到任何東西；而顧名思義，「及物」便是指該動詞的動作會觸及到某個東西（即「受詞」，屬於名詞類）。但是這又意謂什麼意思呢？請看下個句型的解釋，便可分曉。

5.2 句型二：主詞＋動詞＋受詞（S + Vt + O）

＊例：我喜歡小說。

　　本例句的中文裡，「我」是主詞，「喜歡」是動詞，「小說」是受詞。這個句型也是我們日常生活中，文句表達的另一種型式。諸如此類的句子，還有：我看書、媽媽愛我、同學們打球、老師處罰學生、惡犬傷人、經理主持會議、日本侵略中國、菲律賓人射殺台灣漁民等。

　　有了句型一的說明後，我們可了解到本例句中動詞的動作會觸及到「小說」，因為「小說」被喜歡。「小說」在此則被我們稱為受詞（意為：接受動詞之動作的名詞）；「喜歡」在此則是及物動詞。相對於句型一裡的動詞「飛」，則是主詞「鳥兒」的單純動作，並且該動作並不觸及任何「物」，所以「飛」為不及物動詞。

5.3 句型三：主詞＋動詞＋主詞補語（S + Vii + SC）

＊例：你是讀者。

　　本例句的中文裡，「你」是主詞，「是」是動詞，「讀者」是補語。句中的「是」，

是個不完全不及物動詞；也就是說，「是」這個動詞雖然沒觸及物，但是須帶出一個補語來補充說明「主詞」的角色（亦即「你」就是「讀者」；「讀者」就是「你」），如此整句的語意才完整。這類不完全不及物動詞在其他文法書裡，一般被稱為連綴動詞。諸如此類的句子，還有：我是老師、他似乎憂愁、她看起來美麗、蛹變成蛾、花生聞起來香、蘋果嚐起來甜、衛兵站立不動、老人保持健康等。

5.4 句型四：主詞＋動詞＋受詞＋受詞補語（S＋Vit＋O＋OC）

＊例：我們稱呼他司機。

本例句的中文裡，「我們」是主詞，「稱呼」是動詞，「他」是受詞，「司機」是受詞補語。句中的「稱呼」是個不完全及物動詞；也就是說，「稱呼」這個動詞雖已觸及物，但是須帶出一個補語來補充說明「受詞」的角色（亦即「他」就是「司機」；「司機」就是「他」），如此整句的語意才完整。諸如此類的句子，還有：她使我快樂、我視他為英雄、我發現這本小說有趣、爸爸把門漆成紅色、老師任我為班長、大夥推他為主席、媽媽將食物保持新鮮、我認為他不誠實等。

5.5 句型五：主詞＋動詞＋受詞 2 ＋受詞 1 （S＋Vd＋O_2＋O_1）

＊例：她借我字典。

本例句的中文裡，「她」是主詞，「借」是動詞，「我」是間接受詞，「字典」是直接受詞。句中的「借」，是個與格動詞（以 Vd 表示之）。與格動詞的動作會牽涉到兩個受詞（O_2 與 O_1）。因為 O_1 是被動詞先觸及，故稱 O_1 為「直接受詞」，然後動詞會將 O_1 施加於 O_2 上，故稱 O_2 為間接受詞。因此本例句的「我」是間接受詞，而「字典」是直接受詞。這種表達方式完全與中文表達方式相同，讀者應很容易瞭解才是。諸如此類的句子，還有：爸爸給我 100 元、老師指引我們方向、麥克教學生數學、她告訴母親真相、我遞給他鹽罐、車禍導致他受傷、相機花我一萬元、朋友請我咖啡等。

一般而言，能當「主詞」或「受詞」的，大都為名詞（也就是各式名詞，如：普通名詞、抽象名詞、代名詞及動名詞等）。能當「主詞補語」或「受詞補語」的，大都為名詞或形容詞；副詞亦可，但是情形不多見（如：She is here. 她在這兒）。

所有的動詞，皆可歸納入上述五類的句型中。大多數的動詞兼具有「及物動詞」與「不及物動詞」的特性；如果當成及物動詞，則得有受詞（如：她唱一首英文歌曲），否則不必有受詞（如：她唱歌）。然而，如何判定動詞的種類呢？這是許多學習者會面臨的問題。孔老夫子有云：「學而不思則罔，思而不學則殆。」多年來，筆者在課堂上教學時，均會反覆再三地強調重要的觀念，並要學習者專注並記憶。說真的，多強調幾遍後，學習者若有用心，不必太刻意便會自然就記在腦海了。但問題是雖然記住了，卻因為不去思考，或甚至不多加練習，導致無法將所學的舉一反三地予以活用；當然這樣的學習效果就大打折扣了。這種情形在課堂上屢見不鮮，真是可惜。希望讀者能記取筆者的提醒，隨時敦促自己，就能收到最佳的效果。

6. 如何區分中、英文五大基本句型中的動詞類別

下面將以簡單的中文例句對應五大句型裡的動詞類別，給予清楚的解說，以利讀者做為日後判定的原則，才能理解或寫出正確的句子。

6.1 句型一：主詞＋動詞（S + Vi）

＊例：鳥兒飛。（Birds fly.）

這種不及物動詞「飛」，是不需要受詞的。如果你將受詞加在這類動詞的後方，會造成句子不通順。但是讀者可能會說，「鳥兒飛天」或「鳥兒飛高」這兩個句子裡的「天」或「高」不就是受詞嗎？這種認知是不正確的。因為這兩句的完整語意為：「鳥兒飛向天」或「鳥兒高高地飛」，句子裡的「向天」或「高高地」乃是修飾動詞「飛」的副詞，而非名詞。這兩個句子譯成英文則為：Birds fly to the sky. 及 Birds fly high.。

6.2　句型二：主詞＋動詞＋受詞（S ＋ Vt ＋ O）

＊例：我喜歡小說。（I like novels.）

　　讀者可試著將例句中「小說」的字眼去除，原句則變成「我喜歡」。這句話是否看似不完整呢？因為這句話好像還沒有說完，所以一定得在動詞「喜歡」之後加上一個名詞當做它的受詞，這句話才算完整。類似本例句的句子，在我們的日常生活中比比皆是，如：「我吃」及「我踢」是兩個不完整的句子，若分別加上個受詞「蛋糕」及「足球」，便可構成完整的兩個句子：「我吃蛋糕」及「我踢足球」。這兩個句子譯成英文則為：I eat cakes. 及 I play football. 。因此，我們可判定「喜歡」是個及物動詞。

6.3　句型三：主詞＋動詞＋主詞補語（S ＋ Vii ＋ SC）

＊例：你是讀者。（You are a reader.）

　　同上述句型二的解釋，如果你將「讀者」一詞去除，則本例句將變為「你是」這個不完整的句子。因此我們可以判定必須有個補語跟在動詞後面，以說明主詞「你」更進一步的意思。再舉個相似的例子：「她看起來」，這句子也似乎還沒寫完，因此，加個主詞補語「美麗」在不完全不及物動詞「看起來」的後面，就能完整表達出一句話了：「她看起來美麗」，譯成英文則為：She looks beautiful.。

6.4　句型四：主詞＋動詞＋受詞＋受詞補語（S ＋ Vit ＋ O ＋ OC）

＊例：我們稱呼他司機。（We call him a driver.）

　　讀者不妨把本中文例句裡的「司機」一詞去除，原句便成為「我們稱呼他」。讀

者是否也認為這句子就像上述句型一及句型二所言，它並不是一完整的句子，因為念起來好像尚未表達完成。因此，我們可以很自然地判斷受詞「他」之後，得加上一個受詞補語「司機」，這樣才能成為一完整的句子。再舉個例子：「他使我」，這句子也似乎還沒寫完，所以加個受詞補語「快樂」放在受詞「我」的後面，就能完整表達出一句話了：「他使我快樂」。譯成英文則為：**He made me** happy.。

6.5　句型五：主詞＋動詞＋受詞 2 ＋受詞 1（S ＋ Vd ＋ O2 ＋ O1）

＊例：她借我字典。（**She lent me a dictionary.**）

在本中文例句中，如果我們將「字典」一詞去除，則原句便成為「她借我」。讀者可以很容易地判斷出這句話依然是尚未表達完整的一個句子。因此在間接受詞「我」之後還需加入一個直接受詞「字典」，如此才能構成一完整的句子。再舉個例子：「爸爸給我」，到底爸爸給什麼呢？當然加個直接受詞「100 元」於間接受詞「我」之後，整個句子才算完整：「爸爸給我 100 元」。譯成英文則為：**Dad** gave **me** 100 dollars.。

讀者是否有發現，上述所舉的中文句子均有其相對的英文句子，不管以哪種角度來解釋，中文句子與英文的文法結構是完全相同的。讀者們，看了前述的解說後，你們還會認為中文句子沒文法嗎？中文與英文的基本文法結構到目前為止來看，兩者是百分之百地相同的。當然讀者或許會說哪裡有那麼簡單，要是較長的句子可就不是如此了！讀者如果真的如此認為，則筆者要在往後的介紹中一一來扭轉讀者的觀念，最後將證明：不論句子有多長，中文與英文的基本文法結構是百分之百相同的。請讀者拭目以待吧！

7. 中、英文五大基本句型的延伸（★長句子的由來）

有些讀者心裡可能會碎碎念，說到目前為止，筆者怎麼在介紹觀念時，都用最簡單的短句子來舉例，好像沒什麼料一樣。針對這個疑問，請讀者別太著急。其實一本

書要兼顧到讓程度較差的讀者可以看得懂，又可以讓程度稍好的讀者奠定更穩固的基礎，其實是很不容易的！這也就是多年前，台北市儒林升大學補習班周主任給筆者的建議跟期許。讀者想要快速切入主題的心情，筆者十分瞭解；但是請別著急，讀者此刻不就有點像筆者在一開始所提到的范姓學生一樣嗎？不過這也沒關係，筆者希望讀者再耐心地往下閱讀後，會很快地像范同學向母親驚嘆「我開竅了」那樣，那麼，這將是筆者引以為傲的地方。

如果人類的語文只能用像上節介紹的短句來表達，那麼五大句型可能只能用來表達小孩子的用語而已。五大句型的標準結構只是一個標準的模式，基於這幾個標準模式，我們可以用先前提過的其他詞類（如：形容詞、副詞），對這幾個模式裡的元素（即：主詞、動詞、受詞、主詞補語、受詞補語、間接受詞及直接受詞），做更進一步的潤飾（即：修飾），以使這些元素的特性及樣子能更充分與更有意義地被表達出來，如此便達到我們想要表達的目的了。本節要闡述的就是這種精神。

「形容詞」與「副詞」是表達一個句子時用得最多，並且被加諸在基本句型裡的元素上做為修飾的詞類，筆者將這兩類詞稱為「化粧師」。由於有這兩種詞類，我們才能使完整的句子精準地表達出我們所思；這就像是化粧師的巧手，能將人們的基本素顏修飾得美美一般。請讀者仔細體會下面的例子解說，便能通曉有意義的長句子由來（其實這些大家本來就都知道的，只不過讀者不曾如此分析過，也萬萬沒想到，這種基本觀念竟是學習外國語文時必須具備的，否則學習無從下手）。

＊ 例一、雞飛。（Ｓ＋Ｖ 的標準句型）

(a) 公雞飛。（公：形容詞，修飾名詞「雞」）

(b) 大公雞飛。（大：形容詞，修飾名詞「雞」）

(c) 一隻大公雞飛。（一隻：形容詞，修飾名詞「雞」）

(d) 一隻大公雞高飛。（高：副詞，修飾動詞「飛」）

(e) 一隻大公雞高飛<u>到一棵樹上</u>。（到一棵樹上：副詞，修飾動詞「飛」）

(f) 一隻大公雞高飛到一棵<u>高的</u>樹上。（高的：形容詞，修飾名詞「樹」）

(g) 一隻大公雞高飛到一棵<u>結滿果子的</u>高的樹上。（結滿果子的：形容詞（補語），修飾名詞「樹」）

　　本例句為標準五大句型中的 **S + V** 句型。「雞」為名詞，在本句中當做句子的「主詞」。「飛」為動詞，在本句中當做句子的「動詞」。對於句子的主詞而言，我們可分別以「形容詞」來修飾主詞，及「副詞」來修飾動詞，以表達它到底是<u>什麼樣的</u>主詞，及<u>如何做</u>動詞的動作。上面中文句子 **(a)** ～ **(g)**，是分別加了「形容詞」或「副詞」後所構成的完整的短句子，及漸漸變成完整的長句子的分解步驟。

　　上面中文句子 **(g)** 裡與英文相對應的詞如下：

一隻：a　　　大：big　　公：male　　雞：chicken　　　　　高：high
飛：fly　　　到：to　　　一棵：a　　結滿果子的：full of fruit　　高的：tall
樹：tree　　　上：（虛字）

　　所以中文句子 **(g)** 相對應的英文句子如下：

<u>A</u>　<u>big</u>　<u>male</u>　<u>chicken</u>　<u>flies</u>　<u>high</u>　<u>to</u>　<u>a</u>　<u>tall</u>　<u>tree</u>　<u>full</u>　<u>of</u>　<u>fruit</u>.
a　　a　　a　　　S　　　V　　adv　　　adv　　　　　　a

　　上過我的課的學生如果看到這樣的翻譯，都會大笑，說「公雞」怎麼能用 **male chicken** 來表示？沒錯，「公雞」是一個名詞，不應拆開來解釋。上面中文句子 **(g)** 的英文翻譯是學生們在課堂上提供的；當然，其文法及句意是沒錯，只是在英文裡「公雞」有個對應的詞，如：**cock** 或 **rooster**。因此，我們可以將上句英文改為如下：

A big cock flies high to a tall tree full of fruit.

　　上句中 **full of fruit** 的結構為：**full** 為 **tree** 的補語；<u>of 為介系詞，與名詞 fruit 合起來構成一副詞</u>，用來修飾形容詞 **full**。

　　或許讀者會認為上述的解說看似詳細，但是無法真正了解。如果真的是這樣，筆者可要提醒讀者，上述中文句子 (a) ～ (g) 的解說中，只有 (g) 的部分是還沒有講解過的觀念（其實嚴格說來，也算是介紹過了），而其他的都已經在前面講解過了，所以請讀者要記得一再地複習哦！因為一回生二回熟，除非你有過目不忘的天分，否則請多複習幾次才會牢記。

　　現在讓筆者來介紹一個非常重要且常見的觀念，請務必牢記，否則將會影響你往後的學習。即：

★介系詞 ＋ 名詞 ＝ 形容詞 或 副詞

　　今後講解時，我們會以 p 表示介系詞，n 表示名詞，a 表示形容詞，adv 表示副詞，以利筆者解說。你可能會問：對於修飾 tree 的 tall 及 full of fruit 而言，為何 tall 要以前置修飾法，而 full of fruit 卻以後位修飾法？這是一個好問題，這也表示你已抓住了重點。筆者將會在後續談論「形容詞」的章節中說明。然而，你或許又會問：fly high 是否可寫成 high fly 呢？其實沒什麼不可，因為副詞在句子中的位置是較有彈性的，但是原則上，有慣用法則可依循，請讀者參閱其他文法書籍。

＊ 例二、 狗變胖了。（S ＋ V ＋ SC 的標準句型）

(a) 幸福的狗變胖了。（幸福的：形容詞，修飾名詞「狗」）

(b) 一隻幸福的狗變胖了。（一隻：形容詞，修飾名詞「狗」）

(c) 一隻幸福的狗現在變胖了。（現在：副詞，修飾動詞「變」）

(d) 一隻幸福的狗現在變胖了點。（點：副詞，修飾形容詞「胖」）

(e) 一隻我們已經養了一年的幸福的狗現在變胖了點。
　　（我們已經養了一年的：形容詞，修飾名詞「狗」）

(f) 一隻我們已經養了一年的幸福的狗現在變<u>比牠去年的樣子</u><u>較</u>胖了點。

（<u>比牠去年的樣子</u>：副詞，修飾副詞「較」；<u>較</u>：副詞，修飾形容詞「胖」）

本例句是五大標準句型中的 **S ＋ V ＋ SC** 句型。「狗」為一名詞，在本句中當做句子的「主詞」。「變」為一動詞，在本句中當做句子的「動詞」。對於句子的主詞而言，我們可分別以「形容詞」來修飾主詞與主詞補語，以及用「副詞」來修飾動詞，以表達它到底是什麼樣的主詞，及在何時或如何做動詞的動作。上面 (a) ～ (f)，是分別加了「形容詞」或「副詞」後所構成的完整的短句子，及漸漸變成完整的長句子的分解步驟。

上面中文句子 (f) 裡與英文相對應的詞如下：

一隻：a　　　　　　我們已經養了一年的：we have kept for one year

幸福的：happy　　狗：dog　　　　　　現在：now　　變：become

比牠去年的樣子：than what it was last year　　較胖：fatter　　了：（虛字）

點：a little

所以中文句子 (f) 相對應的英文句子如下：

<u>A</u>　<u>happy</u>　<u>dog</u>　<u>we</u>　<u>have</u>　<u>kept</u>　<u>for</u>　<u>one</u>　<u>year</u>　<u>now</u>　<u>becomes</u>
a　**a**　**S**　　　　　　**a**　　　　　　　　　　**adv**　**V**

<u>a</u>　<u>little</u>　<u>fatter</u>　<u>than</u>　<u>what</u>　<u>it</u>　<u>was</u>　<u>last</u>　<u>year</u>.
adv　**SC**　　　　　　**adv**

上面中文句子 (e) 與 (f) 裡分別有一個形容詞「我們已經養了一年的」與一個副詞「比牠去年的樣子」。由於這兩個詞的結構均合乎五大句型的標準，因此它們是句子；但是它們是屬於完整句子 (f) 裡的小句子，所以我們稱它們為子句。又，這兩個子句分別扮演形容詞與副詞的角色，所以我們分別稱它們為形容詞子句與副詞子句。

本例子或許會顯得複雜些，導致有些讀者可能對上述的說明無法完全瞭解；但是請別擔心，本節所舉的兩個例子，主要目的是要讓讀者瞭解：即使再複雜的中文或英文句子，都是在最簡單的五大句型架構下，陸續加入數個形容詞及副詞而構成的（這就是表達我們意思的完整句子）。

上面例一的 (g) 與例二的 (f)，這兩個句子分別是該兩例句裡最長的句子。請問讀者：如果沒看到例一的 (g) 句子與例二的 (f) 句子逐步形成的步驟，則你們是否在看到例一的 (g) 句子與例二的 (f) 句子時，就有能力將句中各個字詞的特性區別出來呢？就像將 (g) 與 (f) 兩個句子分析倒回至原始的短句子 (a) 一般？筆者在此敬告讀者，如果你想真正地把英文學好、學正確，那麼你一定要訓練自己擁有這種分析能力，否則你將無法學好英文，請切記！

讀者一定要知道，中、英文句子的基本結構是完全相同的，因此，上述對中、英文句子的解析方法及技巧也是完全地相同。只要深具這個概念，中、英文的學習是不困難的。本書往後的介紹將會陸續驗證給讀者們瞭解，屆時讀者一定會有豁然開朗的感覺：原來英文就是這麼學的而已。至於要學好到怎樣的程度，則得看往後讀者投下多少心力了。加油吧！

8. 翻譯的技巧（★非常重要）

筆者這些年來看過一些學生，及 **Yahoo** 網站所提供的英文論壇裡，請求幫忙修改英文的人所寫的英文，不少令人看了心痛的句子，其中曾出現過如下的洋涇濱（年輕的讀者如果不知道這個名詞的意思，請上網 **google**）似的英文句子：

❶ She than me beauty.（不正確）
（原意為：她比我美麗。）

❷ Afetr done teacher give me's homework, I with my junior high school student go libraby's nine floor see book so as to prepare exam.（不正確）
（原意為：在做完老師給我的家庭作業後，我跟我國中的同學去圖書館的九樓看書以便準備考試。）

讀者看了上面錯誤的英文句子後，請別偷笑，這是千真萬確的例子，你周遭的人有一半是會這麼寫的。從上面錯誤的句子來看，寫的人根本不具備清楚的英文文法概念。如果讀者有類似的錯誤翻譯傾向，請用心閱讀本書的字字句句，相信讀者將能很快克服這些障礙。

8.1 翻譯的順序

在介紹過前面章節的重要觀念後，現在便能將句子翻譯的技巧呈現給各位讀者了。翻譯句子的原則為：由句子的左邊往右方向翻譯。如果主詞有被形容詞修飾時，就得先翻譯形容詞。如果該形容詞又被另一副詞修飾，則該副詞得比形容詞優先翻譯出來。再者，如果動詞有被副詞修飾時，則副詞得先翻譯；如果該副詞又被另一副詞修飾，則該另一副詞得比該副詞優先翻譯出來。這個觀念可類推至多層次的修飾詞之修飾規則上。受詞、主詞補語、受詞補語等的翻譯，也同於此翻譯原則，請讀者牢記。

底下將舉幾個例子做說明，讀者將較易明瞭。

＊ 例一、 我們學校的學生慷慨地捐出他們的零用錢幫助窮人。

本例句裡的中文元素可解析如下：

❶「我們學校的」是形容詞，用來修飾句子的主詞「學生」。

❷「慷慨地」是情狀式副詞，用來修飾句子的主要動詞「捐出」。

❸「他們的」是形容詞，用來修飾句子的受詞「零用錢」。

❹「窮人」是名詞，當做不定詞裡動詞「幫助」的受詞；如此以構成不定詞片語（「幫助窮人」），用以當做形容詞，來修飾句子的受詞「零用錢」。

本例句屬五大句型裡的 S＋V＋O 標準句型，英文相對應的字詞為：

我們學校的：in our school　　學生：students　　慷慨地：generously
捐出：donate　　　　　　　他們的：their　　　零用錢：allowance
幫助：help　　　　　　　　窮人：the poor

若依字面直譯法則，本例中文句子的相對英文句子為：

Students　in our school　generously　donated　their allowance
　S　　　　a　　　　　adv　　　　V　　　　　O
to help the poor.
　　a

上述所舉的例子，可以很容易將各字詞間的關係找出來，相信讀者很容易瞭解。且看下個例子。

＊ 例二、 平常懶惰的王先生為了討女友的歡欣經常獻出殷勤。

在前面章節裡，筆者曾提及一個重要觀念，就是我們常會在表達中文句子時，省略一些字詞，或增加一些虛字。因此，為使本例句更完整地呈現，以便容易直譯為英文句子，我們將例句改寫如下：

那個平常是懶惰的王先生為了使女友的歡欣經常獻出殷勤。

本例句裡的中文元素可解析如下：

❶「那個平常是懶惰的」是形容詞，用來修飾句子的主詞「王先生」。

❷「為了使女友歡欣」是目的式副詞，用來修飾句子的主要動詞「獻出」。

❸「經常」是時間式副詞，用來修飾句子的主要動詞「獻出」。

❹「殷勤」是名詞，當做主要動詞「獻出」的受詞。

本例句屬五大句型裡的 S ＋ V ＋ O 標準句型，英文相對應的字詞是：

那個平常是懶惰的：who is lazy as usual　　　　　　王先生：Mr. Wang
為了使女友歡欣：in order to make his girlfreind happy　　經常：always
獻出：present　　殷勤：courtesy

若依字面直譯法則，本例中文句子的相對英文句子為：

Mr. Wang,　who is lazy as usual,　always　presents　courtesy
　S　　　　　　　a　　　　　　　adv　　　V　　　　O
in order to make his girlfreind happy.
　　　　　　　adv

　　讀者是否一看到本中文例句時，會不知如何下手解析？但是只要遵照我們先前章節介紹過的要領提示，相信讀者便能加入適當的被省略字詞，使這句子的中文更白話、更完整些，因此句子字詞間的關係就可以找出來，並解析出它們是何種詞類，用來修飾哪個詞。當然了，其相對的英文句子也就可以快速且直接地翻譯出來。

＊ 例三、 找不到路是回不了家的。

這句中文你該如何直譯呢？跟下面的翻譯是一樣的嗎？

找不到：cannot find　　路：way　　是：is　　回不了：cannot go
家：home　　　　　　的：（虛字）
Cannot find way is cannot go home.（不正確）

　　當然不可直譯。「找不到路」不可為主詞，因為它是一件事情，它不是人，人才會找不到路。同理，「回不了家」一定是指人。因此本例句中文直譯的結果是錯誤的。我們必須將本例句的中文還原到符合原意的更基本表示法，然後才可直接翻譯。因此，本例中文句子可改為：

如果你找不到路，你無法回家。

句裡的中文元素可解析如下：

❶「如果」是<u>連接詞</u>，引導出隨後的附屬子句當副詞子句，用來修飾主要子句的<u>主要動詞</u>「回家」。

❷「你」是附屬子句的<u>主詞</u>。

❸「找不到」是附屬子句的<u>動詞</u>。

❹「路」是附屬子句的<u>受詞</u>。

❺「你」是主要子句的<u>主詞</u>。

❻「無法回家」是主要子句的<u>動詞</u>。

　　本例句的附屬子句屬五大句型裡的 <u>S ＋ V ＋ O</u> 標準句型，而主要子句則屬五大句型裡的 <u>S ＋ V</u> 標準句型。本例句之英文翻譯為：

<u>If</u>　<u>you</u>　<u>cannot find</u>　<u>the way</u>,　<u>you</u>　<u>cannot go</u>　<u>home</u>.
　c　　S　　　V　　　　　　O　　　　S　　　　V　　　　adv

（※ c：連接詞）

　　同例二所言，本例原句的主詞並非「找不到路」；「回不了家」也不是主詞補語。<u>讀者須將原句子的意思，以完整的白話型式表達成含有符合原句語意及配合五大句型架構的句子</u>；如此，才能直譯成英文。當然了，如果已具備分詞構句概念的讀者可翻譯得更簡潔，如：**Finding no way, you cannot go home.** 或 **Not finding the way, you cannot go home.**。讀者是否會覺得它們與中文的語氣很相像呢？沒錯，就是如此。

＊ 例四、 國家興亡，匹夫有責。

　　這句中文你又該如何直譯呢？是跟下面的翻譯一樣嗎？

國家：country　　興亡：vicissitude　　匹夫：everyone

有：have　　　　責：responsibility

　Country vicissitude, everyone has responsibility.（不正確）

　　看到這類似文言文的句子，讀者是否會不知所措？其實不必驚慌。讀者只要將此
類句子以白話方式解釋後，再依循本書一路介紹下來的觀念，就能輕而易舉地譯成英
文。本例句其實很簡單，還不致於有太文言的味道。本例句可改寫如下：

關於國家之興亡，每個人是有責任對它的。

本例句裡的中文元素解析如下：

❶「關於國家之興亡」是原因式副詞，用來修飾句子的動詞「是」。

❷「每個人」是句子的主詞。

❸「是」是句子的動詞。

❹「有責任的」是句子的主詞補語。

❺「對它」是理由式副詞，用來修飾句子的主詞補語「有責任的」。

本例句屬五大句型裡的 S ＋ V ＋ SC 標準句型，英文翻譯為：

Concerning country vicissitude,　everyone　is　responsible　for it.
　　　　　　adv　　　　　　　　　　　S　　V　　　SC　　　adv

　　這又是一省略了中文字的句子。筆者曾強調過，英文是一嚴謹的語文，不可任意
省略字詞，這是與中文非常不同的地方。所以本句的「關於」一詞，對英文而言是不
可被省略的，讀者務必牢記！

　　看了以上幾個例子後，讀者是否對於以前認為「中翻英最難」的想法，有所改變

了？沒錯，讀者有了這種看法後，就表示你已掌握本書的觀念精華了。但是要記得，中文句子的描述是我們習以為常的，然而，從中文句子中去正確分辨各標準句型的元素及外加的形容詞與副詞，是得多用心練習的。只要讀者能分析得正確，就可以正確地翻譯成英文。當然讀者或許會認為，上面改寫過後的中文句子「關於國家之興亡，每個人是有責任對它的」，應改為「關於國家之興亡，每個人對它是有責任的」才較為通順。沒錯，這兩句其實都通順，只是筆者為了讓讀者能從中、英對照的直接性中體會中、英文句子間的簡單關係，才採取前者的改寫方式。其實「對它」這個詞是副詞，所以它在句中的位置較具彈性，本書第三章將會加以討論，然而讀者若有興趣，可先參考相關的文法書籍。

◎註：本例句有較通俗的成語與之對應，請參考如下：

The rise and fall of the nation concerns everyone.

8.2 句子中各元素分辨的要領

分析中文句子中的元素，是有程序的，否則會分析錯誤。一旦某個步驟有錯，接著下去的分析就一定全錯了。因此，請讀者把握下述句子分析的步驟與要領：

❶ 從句子的開頭往右方找出句子的主要動詞。注意：由於形容詞及副詞的型式有數種：單詞式、片語式及子句式（註：為使往後對中文句子能有所解析，我們依然會套用英文文法的術語，而不會創出新的術語），在片語式及子句式的形容詞及副詞裡，經常伴有一個或數個動詞，因此可能造成讀者的誤判。所以，正確找出句子的主要動詞為首務。

❷ 以主要動詞為基準，向句子的左方找出句子的主詞。

❸ 主要動詞如果不是「不及物動詞」，則以此動詞為基準，向句子的右方找出句子的主詞補語、受詞、受詞補語，或間接受詞與直接受詞。

❹ 以上步驟所找出的為五大句型裡的必要元素。再者，句子裡剩下的其他字眼不是形容詞就是副詞，或是含有引導子句的連接詞。

現在筆者要舉些例子，讓讀者感受上述這些要領的真實性。

* **例一、他努力做事的態度令我們由衷效法之。**

本例句可改寫得完整些，如下：

他的在努力做事的態度令我們由衷效法之。

依照句子解析的要領，本例句可解析如下：

❶ 由句子的開頭往右找尋句子裡所有的動詞：「做事」、「令」、「效法」。再從這些動詞中判斷出「令」為主要動詞。

❷ 以主要動詞「令」為基準，向左方找出主詞「**態度**」。

❸ 因為主要動詞為不完全及物動詞，所以，須再以主要動詞「令」為基準，向右方找出受詞「**我們**」，與受詞補語「**由衷效法之**」。此受詞補語為不定詞片語，因此我們可再將此不定詞片語深入分析為：「**效法**」為不定詞片語裡的動詞；「**由衷**」為不定詞片語裡的副詞，用來修飾不定詞片語裡的動詞「效法」；「**之**」為不定詞片語裡動詞「效法」的受詞。

❹ 句子剩下的字詞可解析為：

a.「**他的**」為形容詞，用來修飾句子的主詞「態度」。

b.「**在努力做事的**」為形容詞，用來修飾句子的主詞「態度」。此形容詞為介系詞片語型的，因此我們可再將此形容詞深入分析為：「**做事**」為介系詞片語裡的動詞；「**努力**」為介系詞片語的副詞，用來修飾介系詞片語裡的動詞「做事」。

本例句屬五大句型裡的 **S + V + O + OC** 標準句型，可翻譯如下：

他的：his	在：on	努力：hard	做事：work	態度：attitude
令：make	我們：we	由衷：sincere	效法：follow	之：he

His attitude　on working hard　made　us　sincerely follow him.
　　S　　　　　　a　　　　　　V　　O　　　OC

◎註：句中的 we 改成 us，與 he 改成 him 為最基本的文法概念，因為它們是受格。

＊例二、苦心經營多年的事業在 2008 年金融風暴期間竟不支倒閉。

本例句可改寫得完整些，如下：

用苦心經營已多年的事業在 2008 年的金融的風暴期間竟然不支而倒閉。

依照句子解析的要領，本例句可解析如下：

❶ 由句子的開頭往右找尋句子裡所有的動詞：「經營」、「不支」、「倒閉」。
再從這些動詞中判斷出「不支」與「倒閉」為主要動詞。

❷ 以主要動詞為基準，向左方找出主詞「事業」。

❸ 因兩個主要動詞「不支」與「倒閉」為不及物動詞，所以不須再找受詞或補語。

❹ 句子裡剩下的字詞可解析為：

a.「用苦心經營已多年的」為片語式的形容詞，用來修飾句子的主詞「事業」。
我們可再將此形容詞深入分析為：「用」為介系詞，後接名詞「苦心」，
當做方法式副詞；「已」為介系詞，後接名詞「多年」，當做時間式副詞。
此二副詞共同用來修飾分詞「經營」。

b.「在 2008 年金融風暴期間」為片語式的時間副詞，用來修飾句子的動詞「不

支」與「倒閉」。我們可再將此副詞深入分析為：「在⋯⋯期間」為介系詞，後接名詞「風暴」，當做片語式的時間式副詞；「2008 年的」與「金融的」均為形容詞，同時用來修飾「風暴」這個名詞。

c.「竟然」為情狀式副詞，用來修飾句子的動詞「不支」與「倒閉」。

d.「而」為連接詞，用來連接句子的兩個動詞「不支」與「倒閉」。

本例句屬五大句型裡的 S + V 標準句型，可翻譯如下：

用苦心：with tremendous effort	經營：manage	多年：many years
事業：business	在⋯⋯中：during	2008 年的：in 2008
金融的：financial	風暴：turmoil	竟然：unexpectedly
不支：cannot hang on	而：and	倒閉：bankrupt

The business　managed with tremendous effort for many years
　　　S　　　　　　　　　　　　a
could not hang on and bankrupted　　unexpectedly
　　　　　　V　　　　　　　　　　　　adv
during the financial turmoil in 2008.
　　　　adv

＊ **例三、當今社會裡，父母用心栽培的小孩長大時會孝順父母的是愈來愈少了。**

本例句可改寫得完整些，如下：

在當今的社會裡，父母用心栽培的小孩並且長大時他會孝順父母的是愈來愈少了。

依照句子解析的要領，本例句可解析如下：

❶ 由句子的開頭往右找尋句子裡所有的動詞：「栽培」、「孝順」、「是」。再從這些動詞中判斷出「是」為主要動詞。

❷ 以主要動詞「是」為基準，向左方找出<u>主詞</u>「**小孩**」。

❸ 因主要動詞為不完全不及物動詞，所以須再以主要動詞「是」為基準，向右方找出<u>主詞補語</u>「**愈來愈少**」。

❹ 句子裡剩下的字詞可解析為：

    a.「在當今的社會裡」為<u>片語式</u>的<u>時間式副詞</u>，用來修飾句子的動詞「是」。我們可再將此副詞深入分析為：「**在……裡**」為<u>介系詞</u>，後接名詞「**社會**」；「**當今**」則為<u>形容詞</u>，用來修飾名詞「**社會**」。

    b.「父母用心栽培的」為<u>形容詞</u>，用來修飾句子的主詞「小孩」。此形容詞為<u>子句型</u>的，因此我們可再將此形容詞深入分析為：「**栽培**」為子句的主要動詞，所以可往左找到子句的主詞「**父母**」；「**用心**」為子句的副詞，用來修飾子句的主要動詞「**栽培**」。

    c.「並且」為<u>連接詞</u>，用來連接「父母用心栽培的」與「長大時他會孝順父母的」兩個形容詞子句。

    d.「長大時他會孝順父母的」為<u>形容詞</u>，用來修飾句子的主詞「小孩」。此形容詞為<u>子句型</u>的，因此我們可再將此形容詞深入分析為：「**長大時**」為<u>形容詞</u>，用來修飾子句的主詞「他」，同時亦為<u>副詞</u>，用來修飾子句的動詞「孝順」（註：讀者若不懂為何「長大時」既為形容詞，同時亦為副詞，可參考本書稍後談論「分詞」的章節）；「**孝順**」為子句的主要動詞，因此可往左找到子句的主詞「**他**」，然而此動詞為及物動詞，故可往右找到動詞的受詞「**父母**」。

本例句屬五大句型裡的 <u>S ＋ V ＋ SC</u> 標準句型，可翻譯如下：

在……裡：in	當今的：current	社會：society	父母：parents
用心：intentionally	栽培：cultivate	小孩：children	並且：and
長大時：when growing up		他：who	
會孝順：will practice filial piety		父母：parents	是：are
愈來愈少：less and less		了：（虛字）	

In current society,　children　whom parents cultivate intentionally and
　　　　adv　　　　　　S　　　　　　　　　　　a

who will practice their filial piety to their parents when growing up

are　less and less.
V　　SC

＊ 例四、在湍急的逆流中嚐試了跳躍數次的鮭魚終於克服了障礙游回出生地。

本例句可改寫得完整些，如下：

在湍急的逆流中嚐試了跳躍數次的鮭魚終於克服了障礙並且游回牠出生的地方。

依照句子解析的要領，本例句可解析如下：

❶ 由句子的開頭往右找尋句子裡所有的動詞：「嚐試」、「跳躍」、「克服」、「游」、「出生」。再從這些動詞中判斷出「克服」、「游」為主要動詞。

❷ 以主要動詞「克服」、「游」為基準，向左方找出主詞「鮭魚」。

❸ 因第一個主要動詞「克服」為及物動詞，所以須再以主要動詞「克服」為基準，向右方找出受詞「障礙」。然而，第二個主要動詞「游」為不及物動詞，所以無須再往右找受詞或補語等。

❹ 句子裡剩下的字詞可解析為：

a.「在湍急的逆流中嚐試了跳躍數次的」為片語式的形容詞，用來修飾句子的主詞「鮭魚」。「在湍急的逆流中」是片語式的地方式副詞，用來修飾主詞補語「嚐試」。又，「在……中」為介系詞，後接名詞「逆流」，以構成副詞；「湍急的」則為形容詞，用來修飾名詞「逆流」。「嚐試」為分詞，用來當做主詞「鮭魚」的補語。「跳躍」為不定詞，當做分詞「嚐試」的受詞。「數次」為頻率式副詞，用來修飾不定詞「跳躍」。「終於」為時間式副詞，

用來修飾句子的兩個主要動詞「克服」及「游」。

b.「並且」為連接詞，用來連接句子的兩個主要動詞「克服」及「游」。

c.「回」與「到牠出生的地方」二者均為方向式副詞，用來修飾句子的動詞「游」。「到」為介系詞，其後接名詞「地方」，以構成副詞。「牠出生的」則為子句式形容詞，用來修飾名詞「地方」。又，「牠」為形容詞子句的主詞，「出生」則為形容詞子句的動詞。

本例句屬五大句型的 S＋V＋O 與 S＋V 標準句型的合體。

英文翻譯如下：

在……中：in	湍急的：turbulent	逆流：countercurrent	嘗試：try
跳躍：jump	數次：several times	鮭魚：salmon	終於：finally
克服：overcome	障礙：obstacle	並且：and	游：swim
回：back	到：to	牠：it	出生：was born
地方：place			

In the turbulent countercurrent,   the salmon   having tried several times
        adv   **S**   **a**

finally   overcomed   obstacles   and   swam   back   to the place where it was born.
adv   **V**   **O**   **c**   **V**   **adv**   **adv**

＊ 例五、遲到受罰，早到受賞。

因本例句稍具文言的味道，所以無法由字面直接找出五大句型的基本元素。針對此類型的句子，讀者得將之翻譯成白話文，才可順利譯成英文。本例句可改寫成如下的白話句子：

那些遲到的人將會是受處罰的；但是，那些早到的人將會是受獎賞的。

　　由上面的句子可看出，它是由兩個子句加上連接詞所組成；我們可將它分開個別加以解析。依照句子解析的要領，本例句可解析如下：

❶ 先解析左邊的子句。由子句的開頭往右找尋句子裡所有的動詞：「到」、「將會是」。再從這些動詞中判斷出「將會是」為主要動詞。

❷ 以主要動詞「將會是」為基準，向左方找出主詞「人」。

❸ 因主要動詞「將會是」為不完全不及物動詞，所以須再以主要動詞「將會是」為基準，向右方找出主詞補語「受處罰的」。

❹ 子句裡剩下的字詞可解析為：

　　「那些遲到的」為子句式的形容詞，用來修飾子句的主詞「人」，因此我們可再將此形容詞深入分析為：「到」是子句的主要動詞，因此可往左找到子句的主詞「那些」；「遲」為子句的副詞，用來修飾子句的主要動詞「到」。

❺ 「但是」為連接詞，用來連結「那些遲到的人將是受處罰的」及「那些早到的人將是受獎賞的」兩個子句。

❻ 其次，解析右邊的子句。由子句的開頭往右找尋句子裡所有的動詞：「到」、「將會是」。再從這些動詞中判斷出「將會是」為主要動詞。

❼ 以主要動詞「將會是」為基準，向左方找出主詞「人」。

❽ 因主要動詞「將會是」為不完全不及物動詞，所以須再以主要動詞「將會是」為基準，向右方找出分詞「受獎賞的」，當做主詞補語。

❾ 子句裡剩下的字詞可解析為：

　　「那些早到的」為子句式的形容詞，用來修飾子句的主詞「人」。因此，我們可再將此形容詞深入分析為：「到」為子句的主要動詞，因此可往左找到子句的主詞「那些」；「早」為子句的副詞，用來修飾子句的主要動詞「到」。

本例句裡的兩個子句均屬五大句型的 S ＋ V ＋ SC 標準句型。

英文翻譯如下：

那些：who	遲：late	到：come	人：those
將會是：will be	受處罰的：punished	但是：but	那些：who
遲：late	到：come	人：those	將會：will be
受獎賞的：rewarded			

Those　who　come　late　will　be　punished,　but　those　who　come　early
　S　　　 a　　　　　　　　 V　　　SC　　　 c　　 S　　　　 a

will　be　rewarded.
　V　　　SC

9. 結語

　　本書自序言開始，一路陳述學習英文應具有的觀念及要領至此，其實已將大多數讀者認為最難的中翻英的觀念及技巧教授給各位了。當然，在閱讀本書前，每個讀者的英文程度不盡相同，因此，當讀者們閱讀至此，每個讀者的領悟或許不同。所謂「一回生，二回熟」、「溫故絕對能知新」，請讀者再接再厲，很快你就會掌握箇中訣竅了。

　　今年有個大三的學生在期末心得裡提到收穫很豐富，但是好像只有中翻英的技巧而已。這位同學的頭腦真的是轉不過來，中翻英與英翻中其實是一體的兩面。本書在開頭時就已經說明為什麼大多數人學不好英文，其主要原因在於數十年來所有老師都是以英翻中的方法在教學而使然。然而，筆者以學習者感到困難的中翻英模式詳細剖析文句，卻幾乎能讓所有學習者明瞭而極願學習。筆者既然能將中文句子的關係剖析到各個字詞間的關係與在句中的地位，反過來說，英文句子也能以相同的方法剖析呀！本書為免重覆贅述而佔篇幅，所以未特別舉英翻中的例子。這點請讀者試試看，應該能舉一反三吧！

　　既然讀者已經知道中翻英基本關係的全貌，下面章節筆者將陸續引領讀者來探討豐富句子內容的兩大功臣：形容詞與副詞。其實，這兩種詞類正是害得讀者在尚未閱

讀本書前，幾乎把英文給放棄了的主要兇手。為何這樣說呢？因為在英文句子中，形容詞與副詞會以不同的樣貌出現，因而可能會造成讀者的誤判，甚或無法分辨，以致於誤解甚或不解句意。不過沒關係，本書很快就會幫讀者把失去已久的信心抓回來的，但前提是讀者要有耐心並用心閱讀本書，反覆思考並勤加練習，才會有效果哦！（註：請仔細閱讀下兩章「形容詞」與「副詞」，並在了解每個型式後，以第一章所介紹的概念要領，用心思考去做每個練習題，這樣才能融會貫通完整英文句子的組成）

筆者常會告誡學生一項事實：不管是以前或是未來，在台灣的環境裡，如果讀者的專業學得不怎麼樣，但是只要你的英文比周遭的人好些，求職時一定較具優勢，加薪一定你最多，升遷你最快，出國也派你，同事們個個眼睛像小白兔一樣眼紅地羨慕並忌妒著你，這是不爭的事實。然而，天下真的無白吃的午餐，唯看個人努力的程度了。

由於本書的出版，相信能一改過去國人無方法且無效率的英文學習，學習者可很放心地依循本書要領式的指引，簡潔地抓到學習精髓，快速且有效地將英文擁為己有，永不再被英文所困惑。若果真如此，筆者內心的成就感就真的是非筆墨所能形容的，也算間接替這社會做了件有意義的事。讀者們，繼續加油吧！

〔練習題 1-1〕

❶ 請將下列句子裡的主要主詞、主要動詞、主要受詞、主要主詞補語、主要受詞補語、或間接受詞與直接受詞以底線標示出來並註明之（子句的部分則用中括弧框起來，並依句子的特性分析之）。

例：她高興地買了一個 二十元的蛋糕吃。
　　　S　　　 V　　　　　　　　O

① 我們夢想的事不一定能完美實現。

② 努力用功的結果證實了一分耕耘一分收穫的道理。

③ 慈善團體熱情的演出帶給了孤兒們無比的快樂。

⑤ 頂著太陽，背著重物，走了十公里到了小鎮，他終於累壞了。

⑥ 同學們要相親相愛。

⑦ 這是我要你做的而不是他要你做的。

⑧ 靠窗站著一位英俊的男生叫做 John，他是我小學的同學。

⑨ 有消息報導一位年僅十六歲的少年偷了一輛價值千萬的轎車到街上兜風。

⑩ 我花了九牛二虎之力做的答案竟然還是錯誤百出。

❷ 請將上列句子裡的形容詞與副詞以底線標示出來並註明（子句的部分則用中括弧框起來並依句子的特性分析之），並試著說明其修飾的對象。

例：她高興地買了一個 二十元的蛋糕吃。
　　　　adv　　　a　　　a　　　　a

(高興地：修飾「買了」
　一個：修飾「蛋糕」
　二十元的：修飾「蛋糕」
　吃：修飾「蛋糕」)

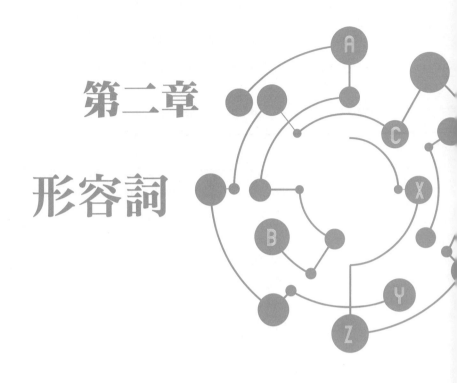

第二章

形容詞

＊形容詞出現的型式

　　筆者在前面曾提到，英文的「動詞」部分是舉世公認為學習英文時最難的部分，但是沒人提到第二難的部分是哪個詞類。經筆者多年觀察及研究的結果，發現到「形容詞」的學習難度竟不亞於「動詞」，因為它是讓國人學不好英文的元兇。許多學生在國中升高中的基測成績，不是滿分就是答錯一、二題而已，然而升上高中時，英文成績卻是一落千丈。這原因當然是在國中時期學得不扎實之外，教育當局在銜接課程安排的落差太大也有關係。國中的英文教育幾乎是著重於十來個單詞的短句，而高中的英文課程卻是以欣賞文章的角度來安排。在高中英文課文裡，一個完整句子的普遍長度往往是三、五行，甚或還更長，中間外加幾個逗點，這叫學子們如何能看懂。如果當時老師沒意識到學生在升上高中後有這些落差，沒有針對這方面予以耐心輔導，往往大多數學生會因學習一再受挫而與英文漸行漸遠，這與目前大多數國人英文程度差有絕對的關係。至於要如何能看懂英文的長句子，主要關鍵就在於要搞清楚「形容詞」與「副詞」在句子裡扮演的型式與所在的位置，這是大多數學習者學習英文的莫

大罩門。當然，只要將此罩門移除，筆者保證學習者的英文程度瞬間將提升至令你自己都無法置信的地步。因此，請讀者放心，為了使讀者能清楚地掌握形容詞的角色，筆者已把形容詞出現在句子裡的型式歸為十五類，本章將依序舉例並詳細介紹，只要讀者用心體會筆者的解說並認真思考，耐心做習題，讀者很快就會發覺：原來學習英文是很簡單的！真的，現在就讓我們直接切入正題吧！

1. 「字典裡找得到的」形容詞

1.1 型式一：形容詞＋名詞

這種型式的形容詞是最基本，而且每個國人與生俱來就有的觀念，如：

(a) 美麗的女孩
（**a** beautiful **girl**）

(b) 幸福的人生
（**a** happy **life**）

(c) 綠（的）蘋果
（**a** green **apple**）

(d) 髒（的）空氣
（dirty **air**）

(e) 粗心的農夫
（**a** careless **farmer**）

上面這些例詞是我們從一開始學英文時，老師就叮嚀我們要背記下來的，猶如小學時背記國字一樣，這些字詞的筆劃與拼字是任何人都不能改變的，只能死記。這種單詞式的形容詞，在英文的使用上大都是用在「前置修飾」的時機，也就是說，形容

詞是出現在被修飾詞的前方；但是對少數某些名詞而言，如：anything、something、someone、nothing……等，則得置於該名詞的後方，也就是當做**後位修飾**，例如：something important（某件重要的事）、nothing special（沒啥特別的事）。至於 enough 這個字，如果當做形容詞時，可置於被修飾詞的前方或後方，例如：enough money 或 money enough；如果當做副詞時，則必須置於被修飾詞的後方，例如：kind enough、serious enough。有關此部分，讀者可參考其他文法書籍。當然了，這種做為後位修飾的形容詞是可當做補語來看待的。

〔 **練習題 2-1** 〕

請以「形容詞＋名詞」的型式將下列中文詞譯成英文。

① 英俊的男孩

② 美味的菜餚

③ 貼心的叮嚀

④ 重要的文件

⑤ 精彩的演說

⑥ 懇切的對談

⑦ 廣泛的交流

⑧ 敬愛的師長

⑨ 成功的經驗

⑩ 完美的結局

1.2 型式二：名詞＋名詞

　　這種型式的形容詞是由「名詞」來扮演的。對中文的使用而言，如果純粹以中文字面來看的話，似乎是很自然的，但相對地，英文的使用就得注意了。如：

(a) 急診室

　　（an emergency room）

(b) 便利超商

　　（a convenience store）

(c) 科技大樓

　　（a technology building）

(d) 自然課本

　　（a nature book）

(e) 健康雜誌

　　（a health magazine）

針對上述例子，底下將做說明：

a. 急診室（an emergency room）

　　emergency 是個名詞，emergent 為形容詞。an emergent room 是不恰當的詞，因 room 是指一建築物的空間，並不是一件事，所以沒有「緊急」與否的特性，因此，不宜用形容詞 emergent。an emergency room 意思為：處理緊急事件的房間（a room for dealing with emergent cases）。形容詞 emergent 的使用，則有：「緊急支援」為 emergent support；「緊急行動」為 emergent action。

b. 便利超商（a <u>convenience</u> store）

convenience 為一名詞。a convenient store 是一不恰當的詞，因 store 是指一建築物，用來做商店。商店本身並沒有「方便」與否的特性，所以不宜用形容詞 convenient。a convenience store 意思為：賣方便東西的商店（a store <u>for selling convenient things</u>）。形容詞 convenient 的使用有：「便利的工具」為 convenient tools；「便利的方法」為 a convenient way。

c. 科技大樓（a <u>technology</u> building）

technology 為一名詞，technological 為一形容詞。a technological building 是一不恰當的詞，因 building 是指一建築物，建築物本身不具有「科技」與否的特性，所以不宜用形容詞 technological。a technology building 意思為：供人研究科技的大樓（a building <u>for people to study technology</u>）。至於近年來科技發達，建築大樓也紛紛融入科技化產物，使得建物大樓儼然被賦予生命似地具有聰慧的腦子與人互動，因此，智慧型大樓一詞也就應運而生了，英文則可表示為：intellectual building（intellectual 為形容詞）。形容詞 technological 的使用，則有：「科技知識」為 technological knowledge；「科技產品」為 technological products。

d. 自然課本（a <u>nature</u> book）

nature 為名詞，natural 為形容詞。a natural book 是一不恰當的詞，因 book 是指書籍，書籍本身也無「自然」與「不自然」的特性，所以不宜用形容詞 natural。a <u>nature</u> book 意思為：談論有關自然物的課本（a book <u>for talking about nature</u>）。形容詞 natural 的使用，則有：「天然瓦斯」為 natural gas；「自然法則」為 natural law；「自然現象」為 natural phenomenon。

e. 健康雜誌（a <u>health</u> magazine）

health 為一名詞，healthy 與 healthful 均為形容詞。a healthy ／ healthful magazine 是一不恰當的詞，因 magazine 是指雜誌，沒有「健康」與否的特性，所以不宜用形容詞 healthy 或 healthful。a health maganize 意思為：談論有關健康的雜誌（a magazine <u>talking about health</u>）。當然了，讀者或許曾看過 a healthy ／ healthful magazine 這種詞，但是其意為有益健康的雜誌，也就是說該雜誌不談論對身心會產生污穢思想的情事。形容詞 **healthful** 與 **healthy** 的使用，有：賣棉被及枕頭的商家會賣「健康被」，這是指被子是有益身心的，此時其相對英文為 **a healthful cover**；「健康的老人」則是 **a healthy old man**，意味著老人是健康的。

　　這種類型的形容詞是由名詞來扮演，而該類名詞大都是屬於抽象名詞，讀者在使用上得小心判斷，否則會辭不達意，甚或引起笑話。諸如此類的詞到處可見，如：教育中心（<u>education</u> center）、教育目的（<u>educaitonal</u> purpose）、藝術殿堂（<u>art</u> gallery）、藝術價值（<u>artistic</u> value）、文法解說（<u>grammar</u> explanation）、文法結構（<u>grammatical</u> structure）。

〔 練習題 2-2 〕

請以「<u>名詞</u>或<u>形容詞</u>＋名詞」的型式將下列中文詞譯成英文。

① 教育方向、教育革新、教育使命、教育精神、教育學院、教育設施、教育制度、教育軟體、教育資源、教育大樓。

② 痛苦指數、痛苦分娩、痛苦呻吟、痛苦邊緣、痛苦時刻、痛苦決定、痛苦折磨、痛苦量測。

③ 精神領袖、精神指標、精神支持、精神食糧、精神口號、精神調劑。

2. 「字典裡找不到的」形容詞

2.1 型式三：名詞＋介系詞＋名詞

　　此種型式的形容詞，是最基本且最常見的一種「後位修飾」形容詞。此型式的形容詞大都是由「介系詞＋名詞」所構成的「形容詞」（前面章節曾提及）。如：

(a) 書桌上的書

　　（**the book** on the desk）

(b) 箱子裡的球

　　（**the balls** in the box）

(c) 問題的答案

　　（**the answer** to the question）

(d) 友人的來信

　　（**the letter** from my friend）

(e) 窗戶旁的花瓶

　　（**the vase** by the window）

　　以上面例子中的 **(a)** 為例，「書」（**the book**）是個被修飾的名詞，而「在書桌上」（**on the desk**）是個形容詞，用來以「後位修飾」的方式修飾在它前面的名詞「書」。請注意：這些以「後位修飾」型態出現的形容詞在翻譯成中文時，一定要加個中文字「的」。以例子 **(a)** 而言，**on the desk** 要翻譯成「書桌上的」。同理，上述其他四個例子在翻譯時均得加上「的」字眼，以表示為形容詞。讀者可有注意到，上述每個例子裡所用的介系詞都不相同，前面章節曾提到，介系詞是一種很特別的詞類，中文是沒有這種詞類的。它的使用需要讀者參考相關書籍，多看例子，從中體會出在不同情形下使用時的含意，如此才能運用得當。

〔 練習題 2-3 〕

請以「名詞＋介系詞＋名詞」的型式將下列中文詞譯成英文。

① 桌底下的貓

② 蛋糕上的櫻桃

③ 盤子旁邊的刀叉

④ 來自海洋的魚獲

⑤ 違反法律的行為

⑥ 肩上的重擔

⑦ 起居間的沙發

⑧ 簡報的檔案

⑨ 電腦的螢幕

⑩ 以公克論的金飾

2.2 型式四：二個形容詞修飾一個名詞

這種型式的修飾法，往往是一個以上的形容詞共同修飾一個名詞。有可能這些形容詞均採前置修飾方式來共同修飾一個名詞，即：**形容詞＋形容詞**＋名詞；也可能是由一個前置修飾的形容詞及一個後位修飾的形容詞，共同修飾一個名詞的型式，即：**形容詞**＋名詞＋**介系詞＋名詞**；亦或是：名詞＋**介系詞＋形容詞＋名詞**的型式（這只不過是型式三的延伸罷了）。如：

(a) 中央情報局

  （**Central Investigation Agency**）

(b) 聯邦調查局

  （**Federal Bureau of Investigation**）

(c) 國立台灣大學

  （**National Taiwan University**）

(d) 美國在台協會

  （**American Institute in Taiwan**）

(e) 國立台灣科技大學

  （**National Taiwan University of Science and Technology**）

(f) 中國科技大學

  （**China University of Technology**）

(g) 綠蘋果的滋味

  （**the taste of green apples**）

(h) 美麗女孩的表演

  （**the performance of the beautiful girl**）

其實，以上這些專有名詞的表示法也不是一定得如此。如美國「中央情報局」也可寫成 Central Agency of Investigation ，但老美並不採用此表示法。那又為何「聯邦調查局」不採用與中央情報局相同的寫法：Federal Investigation Bureau 呢？這的確是好問題，但這個問題不是我們今天探討的主題，這或許跟機關單位的層次大小有關吧！就如中國大陸也有一所中國科技大學，它的英文名稱為：China Technology University，這就與台灣的中國科技大學的英文名稱不同〔如上述例子 (f)〕。

且看下面的例子：

① 「英文作業複習」相對的英文為何呢？仔細思考到底是要以「英文的作業複習」（the homework review of English）或「英文作業的複習」（the review of English homework）來翻譯？如果以較合乎邏輯的寫法而言，應採用後者較正確：因為「英文作業」才像一個有意義的詞，而「作業複習」則不然。

② 「營養研究報告」相對的英文又為何呢？應該是「營養的研究報告」（the study report of nutrition）或「營養研究的報告」（the report of nutrition study）呢？前者乃是針對「營養」而做成「研究報告」，而後者則是對「營養研究」這件事做一個「報告」。此二者的寫法似乎均可，就得看當時的立意點為何了。

③ 「誠懇的服務態度」相對的英文呢？我在台科大的學生也蠻聰明的，他們抓出了一個通則，所以大都回答為 the service attitude of sincerity。這看似正確，但仔細討論分析後，可知這個答案有些不妥，主要是因為中文在使用上的隨性因素與我們表達的習慣所致。如果將之改為「服務的誠懇態度」後，依照學生反映出的通則，將之翻譯成英文為 the sincere attitude of service 則較通順，因為服務的態度有誠懇與不誠懇之分，而非「誠懇」這件事有服務的態度啊！所以文法結構若正確，但語意不符一般邏輯的話，也算不正確。請再三記牢哦！

當前探討的型式，是將來讀者會經常用到的，讀者一定要非常熟悉它。再舉幾個例子給讀者參考：「桌上煮好的菜」的英文可理所當然地寫成 the cooked dishes on the table，「籃子裡洗好的衣服」可寫成 the washed clothes in the basket，「我有用的字典」寫成 the useful dictionary of mine，「鄉村美景」寫成 the beautiful scenery in the country 等，均是常見的兩個形容詞一個在前、一個在後地同時修飾一

個名詞的型式，請讀者一定要多多練習。

〔 練習題 2-4 〕

請以「二個形容詞修飾一個名詞」的型式將下列中文詞譯成英文。

① 中文輸入法

② 會計日報表

③ 供需的自然法則

④ 英文文法書

⑤ 中國文化史

⑥ 環山步道

⑦ 台灣電子產品

⑧ 雙親的乖兒子

⑨ 人民投票權

⑩ 大地溫暖的懷抱

⑪ 電腦的彩色螢幕

2.3　型式五：形容詞＋名詞＋ of ＋形容詞＋名詞

這種型式有如上述型式四的延伸。如：

(a) 太空科技的快速發展

（**the** rapid **development of** space **technology**）

(b) 校園安全的宣導活動

（**the** promotion **activity of** campus **safety**）

(c) 政府政策的順利推展

（**the** smooth **promotion of** government **policies**）

(d) 影像處理的分析步驟

（**the** analytic **steps for** image **processing**）

(e) 會計科目（的）餘額表

（**the** balance **sheet of** accounting **items**）

上述例子 **(a)** 的中文原意為：太空的科技的快速的發展。但前面章節曾提到，通常為避免饒舌，中文慣於簡化文字的敘述，以致將其中的兩個「的」字省略，但不影響原意。所以一般會將「太空科技」及「快速發展」均視為名詞，而予以簡化為「太空科技的快速發展」。同理可類推於其他四個例子。

學生曾問筆者：上面的例子 **(e)** 是否可譯為 **the sheet of the balance of the items of accounting** ？問得好，答案當然是肯定的。

例子 **(d)** 的「影像處理的分析步驟」也可譯為 **the steps of the analysis for the processing of images**。這觀念就有如上述型式三的應用罷了。其實英文文法的規則不多，猶如數學的定義及定理，將之以合乎邏輯的方式推展，就可求證出許多富含我們想表達意思的長短句了。不知各位讀者聽了筆者此番話後，是否已頓悟出學習英文的方法了？

〔 練習題 2-5 〕

請以「形容詞＋名詞＋ of ＋形容詞＋名詞」的型式將下列中文詞譯成英文。

① 教育理念的積極推展

② 交通法規之施行細則

③ 月曆上的精美圖畫

④ 歷史博物館的古典建築

⑤ 中文字的偉大發明

⑥ 魔術箱裡的有趣祕密

⑦ 便利商店的免費洗手間

⑧ 湍急河流上之危橋

⑨ 經濟政策之實用價值

⑩ 粗糙皮膚之保養手冊

⑪ 她頸項上的精美項鍊

2.4 型式六：名詞＋**介系詞**＋**名詞**＋**介系詞**＋名詞

　　本型式又是前幾個型式的再延伸，相信讀者也都非常熟悉了，這個句型經常出現在成語辭典裡，或許讀者也已經背了不少。但是筆者要在此對它做進一步地剖析，以使讀者能更瞭解此型式的結構原由，進而運用得更好。這種型式的結構在有些文法書上或許稱之為「片語介系詞」，主要是它具有特定的意思，所以稱為「片語」；此外，其後一定得接個「名詞」，所以這個片語就像是個介系詞一樣，才如此稱呼。這種型式的前兩個介系詞大都形成一固定的配對（因為具特定意義），不得隨意更改，否則不是沒意義就是辭不達意，請讀者注意此點。又由於此型式裡介於兩個介系詞間的名詞的衍生來源不同，在翻譯上需要有點技巧，所以筆者在此將其區隔成兩種類型來介紹：

＊　一、　本型式裡的兩個介系詞間的名詞衍生自「**非動詞類**」

(a) in front ／ back of（在……前／後面）

(b) by way of（經由……）

(c) on the point of（在……之際）

(d) in the middle of（在……當中）

(e) with a view to（意欲）

(f) for the sake of（為了……）

(g) for the purpose of（為了……）

(h) by means of（以……方法）

(i) in name of（以……名義）

(j) in terms of（就……而言）

(k) in place of（代替）

(l) in the course of（在……過程中）

(m) on behalf of（代表）

(n) in lieu of（替代）

讓我們在上面例子裡挑幾個造些句子供讀者參考：

a. The criminal on the point of being sentenced to death is trembling.
（即將被判死刑的罪犯正在發抖。）

b. The river in front of my house is called river Tamshui.
（我家前面的河叫做淡水河。）

c. The man in the middle of the line is the tallest.
（這行中間的男子是最高的。）

d. Students with a view to studying abroad should study harder.
（有意出國留學的學生應更加用功。）

e. In the past, people leaving for mainland China had to take airplanes by way of Hong Kong.
（在過去，前往大陸的人必須搭乘經由香港的飛機。）

f. Glass in the course of conveying is fragile.
（在運送過程中的玻璃是容易破碎的。）

g. At the present time, most jobs by means of manpower are completed by computers.

（目前，大多數<u>仰賴人力的</u>工作都由電腦來完成。）

h. The building <u>in name of Chiang Kai-Shek</u> is splendid.
（這棟<u>以蔣介石命名的</u>建築非常宏偉。）

　　上面這些造句裡<u>劃底線的部分</u>是當做形容詞，用來修飾其正前方的先行詞。這些介系詞片語在翻譯上的技巧，我們在先前的幾種型式裡已介紹過了，讀者應很容易理解，不在此贅述。

✱ **二、本型式裡的兩個介系詞間的名詞衍生自「<u>動詞類</u>」**

(a) in responsibility of（負責）

(b) in need of（需要）

(c) in charge of（管理）

(d) in seek of（探求）

(e) in view of（鑒於）

(f) in search of（搜尋）

(g) in replacement of（取代）

(h) in custody of（監護）

(i) in addition to（此外）

(j) in relation to（關於）

(k) in accordance with（依照）

(l) in association with（與……聯合）

(m) in conformity with（和……一致）

(n) in conjunction with（與……協力）

(o) in connection with（與……聯結）

(p) in combination with（和……共同）

(q) in company with（和……一起）

(r) in comparison with（和……比起來）

同樣地，也讓我們取上面幾個例子造些句子供讀者參考：

a. The project in need of money must be sponsored.
（需要錢的專案必須被贊助。）

b. A man in charge of a company is called a boss.
（管理公司的人稱做老闆。）

c. One of the hounds in seek of wild boars was found dead.
（其中一隻尋找野豬的獵狗被發現死了。）

d. The security guard in responsibility of the safety of the building is now on his duty.
（負責大樓安全的警衛現正在值班。）

e. Mr. Wang in association with Mr. Chen plans to set up a technology company.
（王先生聯合陳先生計劃開家科技公司。）

　　屬於此型式的例子不勝枚舉，讀者可從上面例子的中文意思就能瞭解到，兩個介系詞間的名詞若是衍生於動詞類的話，整個介系詞片語就直接以動詞的原意翻譯即可，不必大費周章地逐字尋求翻譯。但，請讀者注意下面的例子：

1. Food and water in the need of refugees must arrive on time.
（難民需要的食物與水必須準時到達。）

2. Criminals in the charge of polices seemed scared.
（警察監管的罪犯似乎顯得害怕。）

3. A wild boar in the seek of hounds was found by the hunter.
（獵狗找尋的野豬被獵人發現了。）

　　請讀者將這三個例子（1 ～ 3）與前面的前三個例子（a ～ c）中的片語介系詞，做翻譯上的比較。這三個例子只不過是多了個畫雙底線的「the」，加在有標示單底線的片語介系詞裡的名詞前，因而在翻譯上就呈現完全不同的意思了，讀者有注意到嗎？沒加「the」的片語介系詞在語意上含有「主動」的意思，然而，加了「the」的則是含有「被動」的意思，這點請讀者一定要用心體會哦！為使讀者能明瞭其結構上的真正意義而不必死記，姑且讓筆者詳加剖析。我們就以 in need of 為例，此處 of 的意思為「關於……方面」，in need 之意為「處在需要的情況」。the project in need of money 的意思為：處在需要關於錢方面的專案；以不饒舌的方式表示，即為：需要錢的專案。再者，我們看 in the need of，其中有個「the」在 need 之前，此即所謂的定冠詞 the 對 need 做了限定的宣告，指明此 need 是被其後的字眼 of 所引導的介系詞片語（即當做形容詞）所修飾，也就是說，此 need 是被其後的形容詞所擁有。所以，in the need of refugees 的意思是：處在屬於難民們需要的。因此，food and water in the need of refugees 的意思為：處在屬於難民們需要的食物和水，以白話的方式來表達，便是：難民們需要的食物和水。

　　以上的解說也可類推至其他的介系詞片語，請讀者用心思考上面的另外兩個例子。這些例子好像又再考驗著讀者的中文程度喔！

〔 練習題 2-6 〕

請依下列片語介系詞（視為形容詞）造句並翻譯之。

① on account of

② in the shape of

③ in search of

④ in accordance with

⑤ in contrast to

⑥ with regard to

⑦ at the risk of

⑧ on the edge of

⑨ on the top of

⑩ from the bottom of

⑪ for the purpose of

⑫ in spite of

⑬ in conjunction with

⑭ at the stake of

⑮ in breach of

2.5 型式七：名詞＋形容詞子句

　　此型式的形容詞是一「子句」。這種子句式的形容詞，往往由含有連接詞特性的「關係代名詞」所引導，由於角色的不同，所以該關係代名詞又有主格、受格與所有格之分，這種觀念往往使學習者在學習上容易搞混。因此，世界各地所有大大小小的考試一定會考關係代名詞的觀念。雖然如此，但請讀者放心，本書將會在此節詳細剖析。此型式的例子如：

(a) 我最喜歡的小說
（**the novel** which I like best）

(b) 在庭院玩耍的狗兒們
（**the dogs** which played in the yard）

(c) 教我們英文的老師
（**the teacher** who taught us English）

(d) 我在公園遇到的朋友
（**the friend** whom I met in the park）

(e) 正在過馬路的老人與狗
（**the old man and the dog** that are crossing the street）

(f) 長髮的女孩
（**the girl** whose hair is long）

(g) 紅屋頂的房子
（**the house** whose roof is red）

　　讀者可在上面的例子看出，被這種後位修飾法所修飾的名詞，其後會緊跟著

which、who、whom、whose 或 that 等關係代名詞，這就表示這些關係代名詞有著連接詞的功用，它將由它所引導出來的形容詞子句與被修飾的名詞的關係連結起來，以構成「修飾者」與「被修飾者」之間的關係。這被修飾的名詞有另一種稱呼，叫做「先行詞」，也就是「先出現在關係代名詞前面的名詞」。這些關係代名詞所扮演的角色，指的就是先行詞，翻譯成中文便有「那個」、「那些」、「他的」或「他們的」的意思。以上面例句 (a) 而言，如果依逐字翻譯，則為：那本我最喜歡的小說；例句 (b) 則可譯為：那些在庭院玩耍的狗兒們；例句 (f) 則可譯為：她的頭髮是長的女孩。只不過在中文的描述時，我們會將其視為贅字而省略罷了。請讀者注意，用在做後位修飾的形容詞子句，如同型式三所提示，在將英文翻譯成中文時，要在子句意思之後加上一個「的」字。以例句 (b) 而言，the dogs（狗兒）， which played in the yard（那些在庭院玩耍），這兩部分結合起來時，中間就得加上「的」字，而成為：那些在庭院玩耍的狗兒，如此，整個意思才會完整。

在此，筆者將簡單說明關係代名詞在使用時的重要觀念。至於其他細節，則請讀者參閱相關的其他文法書籍，筆者不在此贅述。

(1) 關係代名詞簡介

關係代名詞在使用時，有「主格」、「受格」及「所有格」之分。在與「人」相關的使用上，如果關係代名詞所引導出的形容詞子句裡，該關係代名詞要扮演子句的主格時，該關係代名詞得以 who 表示，當做受格時，則以 whom 表示。對「人」 以外的「事」或「物」的使用上，則當做主格與當做受格時，所使用的字眼相同，一律用 which。若當做主詞且同時含有「人」與「物」的角色時，則關係代名詞得以 that 表示〔如例子 (e) 〕。至於當做所有格時，不論是「人」、「事」或「物」，則一律用 whose。此外，that 亦可取代 who、whom、which 等關係代名詞。

以上面的例句 (b) 為例，子句 which played in the yard 應該具有標準句型的特性。在子句裡我們可分析出 which 為主詞，played 為主要動詞，in the yard 為副詞，用來修飾主要動詞 played；所以此子句為「S ＋ V」句型。因 which 為子句的主詞，所以我們將此 which 當做主格來看待。同理，例句 (c)（為 S ＋ V ＋ O2 ＋ O1 句型）裡的 who，及例句 (e)（為 S ＋ V ＋ SC 句型）裡的 that，均稱為主格。

接著，我們來看受格的例子。上面例句 (a) 裡，子句 the novel <u>which</u> I like best 也應該具有標準句型的特性，我們可將其分析出 which 為受詞，I 為主詞，like 為主要動詞，best 為副詞，用來修飾主要動詞 like，所以此子句為 S ＋ V ＋ O 句型。<u>讀者或許會感到奇怪：為何「受詞」會出現在「主詞」的前面？這主要原因是關係代名詞有連接詞的作用，將它移到主詞 I 的前方，才可扮演將「先行詞」與「主詞」連結起來的角色；請讀者要記住！</u>因此處的 which 為受詞，所以我們稱其為<u>受格</u>。同理，例句 (d)（為 S ＋ V ＋ O 句型）裡的 whom 也是受格。至於例句 (f)the girl <u>whose</u> hair is long 裡，whose hair 為主詞，is 為主要動詞，long 是主詞補語，whose 在此是修飾 hair 的<u>所有格</u>式的形容詞；這個子句屬於 S ＋ V ＋ SC 句型。例句 (g)the house <u>whose</u> roof is red，則與例句 (f) 的特性完全相同。

〔 練習題 2-7 〕

請以「名詞＋<u>形容詞子句</u>（不可省略關係代名詞）」的型式，將下列中文句子譯成英文（注意：不可改變句子之原來結構與語氣，並且不可漏譯或只翻譯句子大概的意思）。

① 警察盤問肇禍的司機。

② 遲到的火車總是令人抱怨。

③ 我們求學的目的就是要學得一技之長。

④ 聖嚴法師說：需要的不多，想要的很多。

⑤ 她不愛吃的就是我不愛吃的。

⑥ 在紙上作畫的小孩是來自於鄰近孤兒院的孤兒。

⑦ 飯後的點心是母親為我準備的乳酪蛋糕和咖啡。

⑧ 有些捐錢的慈善家是意圖犯罪的人。

⑨ 請將書桌旁的書架上的英漢字典拿給我。

⑩ 機會總是留給準備好的人是一句中肯的話。

⑪ 我們籃球隊裡小部分人提出的建議無法符合教練的期望。

⑫ 教我們英文的老師出的題目很容易作答。

⑬ 烘烤的蛋糕比蒸的好吃。

⑭ 我放心不下的是愛哭的你。

⑮ 令我驚訝的是你竟然在此次英文期末考拿一百分。

⑯ 引起眾人注意的是她亮麗的外表。

⑰ 父母親對我們付出的關愛是我們這輩子無法回報的。

⑱ 沙灘上留下的足印伴隨著夕陽勾起我過去美好的回憶。

⑲ 我花了九牛二虎之力做的答案竟然還是錯誤百出。

⑳ 形狀是圓的椅子叫做板凳。

(2) 關係代名詞的省略

關係代名詞 who、whom 及 which 當做主詞或受詞時，是可以省略的。由於它的省略，在句子的結構上會形成另外一種形容詞的型式，我們將在形容詞的「型式九」這一節裡做個討論，而不在此贅述。

(3) 另一個大多數人不熟悉的關係代名詞：what

「what」是一個較特別的關係代名詞，它與前述一般我們熟悉的關係代名詞不同的是，它本身就含有先行詞的意思（what = the thing that = things that = all that）；也就是說，what 在使用時，它的前面不可有先行詞，這點請讀者要特別注意。

此關係代名詞的中文意思可解釋為：「所……」或「所有……」。例如：

(a) 令我們高興的（所有東西）不一定是金錢。
（What makes us happy is not money. = All that makes us happy is not money.）

(b) 可吃的（所有東西）不應該浪費。
（What is eatable should not be wasted. = The thing that is eatable should not be wasted.)

(c) 你所說的（東西）不是真的。
（What you said is not true. = The thing that you said is not true.)

(d) 我不知道你所喜歡的東西。
（I do not know what you like. = I do not know the thing that you like. ）

上面例子中，我們得驗證這些句子是否均合乎句型的標準。以例子 (a) 為例，左

邊的句子裡，**What** 為子句的主詞，子句的動詞為 makes，us 為子句的受詞，happy 為子句的受詞補語；此子句為「S ＋ V ＋ O ＋ OC」句型。此外，**What** 也當做主要句子的主詞，is 為主要句子的動詞；not 為副詞，修飾動詞 is；money 則為主要句子的主詞補語；此主要句子為「S ＋ V ＋ SC」句型。如果如此解釋還無法令讀者清楚，讀者可將 **What** 看成是 **All that**，因為 **All** 可視為主要句子的主詞，而 **that** 則為子句的主詞，如此便可明瞭了。同理可類推至例子 (b)。

以例子 (c) 為例，左邊的句子裡，**What** 為子句的受詞，you 為子句的主詞，子句的動詞為 said，此子句為「S ＋ V ＋ O」句型。同上例 (a) 中的 **What**，例子 (c) 中的 **What** 也有兩個功用，亦即它也兼做主要句子的主詞，主要句子的動詞則為 is；not 為副詞，修飾動詞；true 則是主詞補語；此主要句子為「S ＋ V ＋ SC」句型。如果讀者一時無法很快看清楚 **What** 在此的角色，請讀者將之視為 **The thing that**，因為 **The thing** 為主要句子的主詞，而 **that** 則為子句的主詞，如此即可明瞭了。同理可類推至例子 (d)。當然例子 (d) 中的 **What** 所扮演的兩個角色均相同，亦即：為子句及主要句子的「受詞」，不知讀者是否有看出來呢？

這些由 What 所引導出來的子句，在文法書本上有時將之解釋為「名詞子句」，這種說法也對，它們將該整個名詞子句當做一個名詞來看待，所以此名詞可當做主要句子的主詞或受詞。讀者可自行推敲這個意思。

再者，what 也是一個關係形容詞，它可修飾名詞，如：what money（所有的錢）、what book（所有的書）、what time（所有的時間）。與前述的 what 相同的是，它與被它修飾的名詞合起來，就含有先行詞的意思（what money = the money that = all the money that）；也就是說 what 在使用時，它的前面不可再有先行詞，這點請讀者要特別注意。

請看以下例子：

(a) 他所擁有的錢足可用來蓋座城堡。

（**What money he has is enough to be used to build a castle.**

＝ **The money that he has is enough to be used to build a castle.**）

(b) 你可借典藏於書架上的任何一本書。

（**You can borrow any of what books are collected in the bookshelf.**

= You can borrow any of <u>all the books that are collected in the bookshelf</u>.）

(c) 為了在比賽中贏得冠軍，你必須善用<u>你所擁有的時間</u>。

（In order to win the champion in this contest, you must make good use of <u>what time you have</u>.

= In order to win the champion in this contest, you must make good use of <u>all the time you have</u>.）

〔 練習題 2-8 〕

請以「what」為<u>關係代名詞</u>或<u>關係形容詞</u>，將下列中文句子譯成英文（注意：不可改變句子之原來結構與語氣，並且不可漏譯或只翻譯句子大概的意思）。

① 能看的不一定能吃。

② 不要太相信網路流傳的東西。

③ 我們要滿足於當下所擁有的一切。

④ 學生應該每天複習老師在課堂上所教的。

⑤ 我們應該拒絕會造成我們傷害的東西。

⑥ 你對她做的所有事可能會傷害她。

⑦ 我不喜歡他所選的食物。

⑧ 他所寫的句子有許多錯誤。

⑨ 我不知道箱子裡有甚麼球。

⑩ 人們所做的善事終將得到回報。

(4) 關係副詞簡介

相似於關係代名詞，關係副詞乃是 **when**、**where**、**why** 及 **how**。關係副詞亦有連接詞的作用，它也可引導出一形容詞子句以修飾先行詞。請看下面的例子：

(a) 你知道她來看我的時間（你知道她什麼時候來看我）嗎？
（**Do you know the time** when she will come to see me**?**）

(b) 這就是他出生的地方。
（**This is the place** where he was born.）

(c) 他無法解釋（他）為什麼考不好的理由。
（**He cannot explain the reason** why he failed the exam.）

(d) **Kent** 告訴我他如何完成了這項困難的工作。
（**Kent told me** how he completed the hard job.）

例句 (a) 是個問句，**you** 是問句的主詞，**know** 是問句的動詞，**the time** 則是問句的受詞。此問句是「**S + V + O**」的標準句型。when she will come to see me 是個由關係副詞 **when** 所引導的形容詞子句，用以修飾 **the time**。既然是子句，就應符合標準句型，且讓我們加以分析。**she** 是子句的主詞，**will** 為子句的助動詞，**come** 是子句的動詞，**to see me** 則是子句裡表示目的的副詞；**when** 則是具有連接詞作用的副詞，用以修飾子句的動詞 **come**。所以該子句是屬於「**S + V**」的標準句型。

例句 (b) 裡，**This** 是主要句子的主詞，**is** 是主要句子的動詞，**the place** 則是主要句子的補語。主要句子 **This is the place** 是屬於「**S + V + SC**」的句型。例句 (b) 裡的形容詞子句 where he was born，也是屬「**S + V + SC**」的句型，用以修飾 **the place**。例句 (c) 的主要子句是屬於「**S + V + O**」的句型，其中的形容詞子句 **why he failed the exam** 也是屬「**S + V + O**」的句型，用以修飾 **the reason**。在上面例句 (d) 中，我們可看出：**how** 所引導出的子句是名詞子句，而非形容詞子句，因為它前面沒有先行詞。若將 how 改為 the way that，便可看出它是由關係代名詞 **that** 所引導出的形容

詞子句，用來修飾 **the way**。讀者千萬不可在 how 的前面加上 the way，因為 how 本身就像 what 一般，在意義上是內含有先行詞的特性的。

　　讀者是否可將先前章節所談及的觀念「介系詞＋名詞＝副詞或形容詞」用在上述例句，以驗證文法的關聯性？如：例句 **(a)** 中的 when 可改寫為 at which；例句 **(b)** 中的 where 可改寫為 at which；例句 **(c)** 中的 why 則可改寫為 for which；這與前述的關係代名詞的觀念，是互相吻合的啊！讀者是否有豁然開朗的感覺呢？

〔 練習題 2-9 〕

請運用關係副詞將下列中文句子譯成英文（注意：不可改變句子之原來結構與語氣，並且不可漏譯或只翻譯句子大概的意思）。

① 她要去的那家餐廳也是我常去的。

② 她不知道我為什麼這麼做的理由。

③ 沒人告訴我何時會議將開始。

④ 老師對學生解釋著地球如何繞著太陽運行。

⑤ 兒童在玩耍的那座公園叫做新公園。

⑥ 許多人很好奇為什麼該罪犯要犯下謀殺罪。

⑦ 廣播說飛機起飛的時間將延至晚上十點整。

⑧ 大多數手機的使用者並不知道手機是怎麼設計的。

(5) 關係副詞及其先行詞的省略

請讀者注意，關係副詞的先行詞可無條件省略；然而，關係代名詞的先行詞則絕對不可省略。就以前述的三個例句而言，可簡化為：

(a1) Do you know (the time) when she will come to see me？

(b1) This is (the place) where he was born.

(c1) He cannot explain (the reason) why he failed the exam.

上面句子中，括弧裡的字眼均可以去除。這種省略先行詞後的子句，通稱為「名詞子句」，在此三個例句而言，皆直接當做主要句子裡動詞的「受詞」或主詞的「補語」。

另外，如果關係副詞的先行詞不予省略的話，此時則可將關係副詞予以省略，但要注意須補上一個適當的「介系詞」，如此文法才算完整。（一般文法書均指稱「可無條件地省略關係副詞」，但是依筆者研究的結果，證實這是不正確的，因省略掉關係副詞的子句缺少一個連接詞將其與先行詞的關係連結起來。或許有學者會認為，為何關係代名詞當「受詞」時可直接省略？這答案很簡單，因為該先行詞正好可視為後面子句的一部分，也就是當做子句裡動詞的「受詞」。同理，正因為省略了關係副詞，而在關係副詞後的子句已完全符合五大句型的標準，如果要將此子句與先行詞的關係連結起來，就得借重一介系詞來完成了。不知讀者想通了嗎？如果仍然不完全理解，可先參考形容詞的「型式九」這一節的介紹）

因此，上述四個例句 (a) ～ (d) 可重寫如下（括弧裡的字眼均可以去除，但是子句末尾的介系詞不可省略）：

(a2) Do you know the time (which) she will come to see me at？

(b2) This is the place (which) he was born at.

(c2) He cannot explain <u>the reason</u>（which）he failed the exam <u>for</u>.

(d2) Kent told me <u>the way</u>（that）he completed the hard job <u>by</u>.

〔 練習題 2-10 〕

請將你寫好的練習題 2-9（如下所列）之英文句子為基礎，試著：(A) 省略句中的先行詞，重寫該英文句子；(B) 省略句中的**關係副詞**，重寫該英文句子（注意：不可改變句子之原來結構與語氣，並且不可漏譯或只翻譯句子大概的意思）。

① 她要去的那家餐廳也是我常去的。

② 她不知道我為什麼這麼做的理由。

③ 沒人告訴我何時會議將開始。

④ 老師對學生解釋著地球如何繞著太陽運行。

⑤ 兒童在玩耍的那座公園叫做新公園。

⑥ 許多人很好奇為什麼該罪犯要犯下謀殺罪。

⑦ 廣播說飛機起飛的時間將延至晚上十點整。

⑧ 大多數手機的使用者並不知道手機是怎麼設計的。

(6) 如何區分 that 為單純的連接詞或關係代名詞

筆者曾在前面章節說過，英文是一文法非常嚴謹的語文，其詞、句之間的關係均環環相扣，絲毫不可馬虎。但是，由於推動人類進步的原動力——「懶」的現象比比皆是，這不僅僅侷限在科技領域裡，語文的演進也是如此。就以中文為例，在我們表達的文句裡，經常省略一些我們認為無關緊要的字眼，或將長串的名詞書寫成不加以解釋則無法理解的詞，如：關代（關係代名詞）、與現反（與現在事實相反）、筆電（筆記型電腦）。英文也是如此，為順應潮流，也都盡量簡化。然而，英文文句的簡化會有一定的規則，不可隨興而為，否則他人是看不懂的。這些簡化大都在談論英文文法的書籍會提及，讀者不妨留意。

「that」除了以代名詞的身分出現外，最常見的是它當做連接詞或關係代名詞了。不管主格或受格，關係代名詞 who、whom、which 及關係副詞 when、why 均可以 that 取代，如此使用起來較為方便。也因為如此方便，所以讀者經常會在句子裡無法分辨其為關係代名詞、關係副詞或是單純的連接詞。請看下面的例子：

(a) It is natural that man should be honest.
（為人應該誠實是自然的。）

(b) We always know the fact that the earth moves round the sun.
（我們始終知道地球繞著太陽轉的事實。）

(c) She is kind that everyone likes her.
（她很慈善以致於大家都喜歡她。）

(d) You are lucky that you won the lottery.
（你真幸運贏得了彩金。）

(e) He said that he was a teacher.
（他說他是老師。）

以上這些例子都是我們常見的，**that** 在其間的功用是扮演著純粹的「連接詞」，以引導出子句。例句 (a) 中的 **that** 引導出一名詞子句，可取代虛主詞 **It**。例句 (b) 中的 **that** 引導出一名詞子句，當做 **the fact** 的補語。例句 (c) 中的 **that** 引導出一表示結果的副詞子句，用以修飾 **kind**。例句 (d) 中的 **that** 則與例句 (c) 中的 **that** 雷同，引導出一表示原因的副詞子句，用以修飾 **lucky**。例句 (e) 中的 **that** 引導出一名詞子句，用來當做動詞 **said** 的受詞。

上述這些例子中，「**that**」所引導出的子句本身均合乎五大句型的標準，並不扮演主詞或受詞的角色，純粹只是一「連接詞」。上例中除了 (a) 與 (b) 外，(c)、(d) 與 (e) 裡的 **that** 均可省略。讀者可倒回去看前述關係代名詞的部分，將不難發現其間的不同處。因為如果 **that** 所扮演的角色是子句的「主詞」或「受詞」的話，那麼這個 **that** 就勢必是個關係代名詞了。請讀者千萬要記得這兒的解釋，尤其對在學學生而言，這幾乎是考試必考的觀念哦！

〔 練習題 2-11 〕

請區別出下列英文句子裡的「**that**」是關係代名詞、關係副詞或單純的連接詞。

① From now on, I will get rid of my bad habit that I did not pay attention to class.

② We always solve identical equations by theorems that we have proved.

③ We must treasure all the world's resources that will make us civilized.

④ We went to a movie on Sunday afternoon that we met Janet.

(7) 關係代名詞的限定用法與補述用法

我們知道形容詞可用來當做修飾語或補語。然而,形容詞片語或形容詞子句也能擔負這兩個角色,只不過都得以後位修飾的方式進行。關係代名詞的限定用法與補述用法,就是在闡述這兩種後位修飾法的差異性,這個觀念是許多學習者要花一點時間去思考才會明瞭的,但如果日後不再多花功夫去思考及多看例子,很快就又會搞混,請讀者得多加用心。

a. ＜限定用法＞

這個觀念是大家一開始學關係代名詞時就已建立起來的。關係代名詞所引導的形容詞子句,就直接置於先行詞的後面。下面就是常見的簡單例子:

(a) 我要買本有趣的小說。

（**I want to buy a novel which is interesting.**）

(b) 她和我閒聊她住在美國的兒子。

（**She had a chat with me about her son who lived in the U.S.A.**）

(c) 我奶奶需要雇一個會說台語的護士。

（**My grandmother needed to employ a nurse who could speak Taiwanese.**）

(d) 有少數會酸的鳳梨。

（**There are a few pineapples which are sour.**）

(e) 有位年紀五十歲的參賽者看起來依然年輕。

（**There is a participant whose age is 50 looks still young.**）

b. ＜補述用法＞

上面在限定用法裡所舉的例子,也可以以補述用法的方式敘述如下,雖然大致上

只是多個標點符號，但句子的意思卻不相同，讀者得用心思去理解。請看下面的例子：

(f) 我要買這本小說，因為它有趣。

（**I want to buy** the **novel,** which (= as it) is interesting**.**）

(g) 她和我閒聊她兒子，並且她兒子是住在美國。

（**She had a chat with me about her son,** who (= and he) lived in the U.S.A.**.**）

(h) 我奶奶需要雇用這個護士，因為她會說台語。

（**My grandmother needed to employ the nurse,** who (= as she) could speak Taiwanese**.**）

(i) 有少數鳳梨，但，是酸的。

（**There are a few pineapples,** which (= but they) are sour**.**）

(j) 這參賽者，雖然年紀五十歲了，看起來依然年輕。

（**The participant,** whose (= though his) age is 50**, looks still young.**）

　　在上面限定用法及補述用法的段落裡，均各舉了五個相對應的句子，其中不同處大致上只是在補述用法中的英文句子裡多兩個標點符號罷了。然而，讀者可在其中文的翻譯上瞭解不同的含意。限定用法的形容詞子句，是在「限定（或說是修飾）」先行詞是屬於這種形容詞特性的名詞；而補述用法的形容詞子句，是當做補語，用來「補充說明（或說是修飾）」既有先行詞的特性。請讀者注意：在翻譯補述用法的補充說明部分時，可適度地加上連接詞的含意，如此可使文句較為通順。這樣子解釋可能仍無法令讀者完全清楚，但筆者以前述的例子來做說明，讀者便可明瞭了。

　　在上面限定用法的例句裡，例句 **(a)** 的意思隱含著：無趣的小說我則不買，只要是有趣的小說（不一定是哪一本）我都可能買它，但也只買一本。例句 **(b)** 亦隱含著：她可能不只有一個兒子而已，除了這位住在美國的兒子以外，她可能還有其他兒子住在其他地方。例句 **(c)** 則隱含著：不會說台語的護士外婆將不雇用。例句 **(d)** 則隱含著：鳳梨可能堆積如山，但只有少數是會酸的。例句 **(e)** 則泛泛地說明有位參賽者的年齡是五十歲而已，其實可能還有其他五十歲的參賽者依然看來年輕。

在上面補述用法的例句裡，例句 (f) 中，在標點符號之後由關係代名詞所引導的形容詞子句，是以補語的型態出現，用來說明前面名詞 **novel** 的角色。例句（**g**）亦指定了該兒子，進而說明了該兒子是住在美國的。同理，例子 (h) 指定了該護士，進而說明她是會說台語的。例子 (i) 指定了只有那少數幾個鳳梨，並且說明全是酸的。例子 (j) 則指定了該名參賽者，進而解釋他的年齡是五十歲。

再來看底下較簡單的例子，讀者便能體會出每個例子裡兩個句子間意思上的差異點到底有多大：

(a) 1. The cake which dad bought is not for you to eat.
（爸爸買的這塊蛋糕不是給你吃的。）

2. The cake, which dad bought, is not for you to eat.
（這塊蛋糕，是爸爸買的，不是給你吃的。）

(b) 1. That girl who is standing by the window is my classmate.
（正站在窗邊的那個女孩是我的同學。）

2. That girl, who is standing by the window, is my classmate.
（那個女孩，她正站在窗邊，是我的同學。）

(c) 1. The house which he lived has been sold to someone.
（他住過的這房子已經賣給某人了。）

2. The house, which he lived, has been sold to someone.
（這房子，是他住過的，已經賣給某人了。）

讀者是否會說上面每個例子裡兩句子間意思上的差異並不大，可說意思是相同的。沒錯，你答對了。

以上的這些例子即在說明，限定用法與補述用法的使用並不是死板的，有時候得看說話者的口氣、語調及句意而採取適當的用法，請讀者用心體會。

以上的觀念解析，相信能令讀者完全體會出限定用法及補述用法之間的差異及使用的時機。運用這些觀念，請讀者再看下面的有趣例子。如果你對別人說：

Tom's father <u>who lives in Taichung</u> will come to see him this weekend.

此句的中文語意為：湯姆住在台中的爸爸本週末將來看他。若無邪念，也不吹毛求疵，則從這句中文裡，我們能瞭解湯姆的爸爸住在台中。但是，英文的語意可就會出問題了。除非湯姆真有一個以上的爸爸，否則他將給你一拳倒地。因此，<u>上句限定用法的描述是不恰當的</u>，正確的寫法應以補述用法的型式才對（如下）：

Tom's father, <u>who lives in Taichung,</u> will come to see him this weekend.

一般而言，大多數的人對補述用法較為生疏（筆者先前曾強調過<u>補語概念</u>在英文學習裡的重要性），但在英文報章雜誌裡卻使用頻繁。所以讀者一定要將上述兩種用法鑽研清楚，將來才能使用得當，不致出錯。至於以上兩種用法的其他細節，也請讀者參閱其他文法書籍。

〔 練習題 2-12 〕

請依照前述「限定用法」與「補述用法」所闡述的精神，各寫出三個句子。

① _____

② _____

③ _____

(8) 關係代名詞限定用法的補充

　　筆者先前提過一個觀念：形容詞及副詞的位置，應放在最接近被修飾詞的地方，尤其形容詞更要特別注意。在此，筆者要提出一種情況，它是被允許的。請看下面的例子：

The apples on the table which mom bought last night are very sweet.

　　例子中，我們可看出主要句子的主詞為 **The apples**，主要句子的動詞為 **are**，而 **sweet** 是主要句子的主詞補語，此主要句子為「S + V + SC」句型。**on the table** 是形容詞，用來修飾句子的主詞 **The apples**。至於 which mom bought last night 則是形容詞子句，可用來修飾 the table 或 The apples。這是一個重要觀念，讀者得小心視之。若說此形容詞子句是修飾 **the table**，則意指該「桌子」是媽媽昨晚才買回來的；那麼上面英文例句應翻譯成：媽媽昨晚買的桌子（其）上的蘋果很甜。若說此形容詞子句是修飾 **The apples**，則意指該「蘋果」是媽媽昨晚買回來的；那麼上面英文例句應翻譯成：媽媽昨晚買（的）在桌上的蘋果很甜。那麼到底寫這句英文的人所指為何？那就得看這句話的上下文來推敲了。

　　再看個例子：

The stuffing in the pastry which Tina prepared tastes a little salty.

　　這例子裡的形容詞子句 **which Tina prepared**，很明顯地可看出是用來修飾主要句子的主詞 **stuffing**，因形容詞子句的意思為「Tina 調製的」；這可由一般常理去推敲，因為包子的內餡是需要「調製」的。如果 prepared 改成 made，那就很難指出該形容詞子句是用來修飾 **stuffing** 或是 **pastry** 了，因為其意思為「Tina 做的」。那麼到底 Tina 是做了 **pastry** 還是 **stuffing** 呢？因為做 **pastry** 與做 **stuffing** 的人可能不是同一個人啊！此例子又再次說明了英文的用字是得非常謹慎的。

〔 **練習題 2-13** 〕

若你不想在書寫文句時如前述的兩個例句造成閱讀者的困擾，請你將前述的
兩個例句以較精簡的方式予以改寫。

① _____

②

2.6 　型式八：**現在分詞**＋名詞／**動名詞**＋名詞／**過去分詞**＋名詞

　　本型式的形容詞有三種樣式：現在分詞、動名詞與過去分詞。其中，現在分詞與
動名詞的拼字法完全相同。讀者一定聽過「現在分詞」或「過去分詞」這兩個術語。
然而許多學習者只知道「現在分詞＝動詞＋ **ing**」及「過去分詞＝動詞＋ **ed**」，但是
不清楚它們的使用時機。若在一較長的英文句中出現了這些分詞，有些讀者可能就不
知其所云了。在英文裡，動詞的現在式及過去式是表示動作的「發生」（或說「執
行」）。現在分詞及過去分詞則表示動作的「持續狀態」。請看下面的例子：

(a) She cooks **a meal.**

　　（她做煮飯的動作；亦即：她煮飯。）

(b) She is cooking **a meal.**

　　（她是處於煮飯的狀態；亦即：她正在煮飯。）

(c) She cooked **a meal.**

　　（她先前做煮飯的動作；亦即：她先前煮了飯。）

(d) A meal is cooked **by her.**

　　（飯是處於被她煮的狀態；亦即：飯被她煮。）

(e) She has <u>cooked</u> a meal.

（她是<u>處於煮好飯的狀態</u>；亦即：她已煮好飯了。）

　　讀者在學期間也一定聽過老師們說，<u>現在分詞有「正在……」之意，而過去分詞則有「被動」或「完成」之意</u>。沒錯，這是正確的觀念，其原意從上面的例子就可看出了。因此，我們可說<u>「分詞」具有形容詞的特性，所以可當做形容詞來看待</u>，它與動詞的現在式及過去式是不同的。當然，在使用的時機上也不相同。<u>動詞的現在式及過去式</u>只可用在<u>與主詞、受詞……等共同構成五大句型的句子上</u>，而<u>分詞</u>則是用來<u>修飾名詞</u>或<u>當補語用的</u>。這兩句話的觀念非常重要，也是分析判斷句子裡各個元素的主要依據，請讀者瞭解本節的說明後要牢記。請看下面的例子：

(a) 正在跑的馬（a <u>running</u> horse）
　　哭泣的嬰兒（a <u>crying</u> baby）
　　唱歌的鳥兒（a <u>singing</u> bird）
　　迷人的女孩（a <u>charming</u> girl）
　　飛翔的風箏（a <u>flying</u> kite）

(b) 游泳池（a <u>swimming</u> pool）
　　煙灰缸（a <u>smoking</u> tray）
　　餐桌（a <u>dining</u> table）
　　座椅（a <u>sitting</u> chair）
　　駕照（a <u>driving</u> license）

(c) 解決了的問題（the <u>solved</u> problem）
　　寫好的信（the <u>written</u> letter）
　　安排好的時間表（the <u>arranged</u> schedule）
　　退休的老師（the <u>retired</u> teacher）
　　逝去的戀情（the <u>gone</u> love）

　　上面例子中屬 (a) 的部分，是將<u>現在分詞</u>當做「形容詞」，用來修飾名詞；<u>該被修飾的名詞是現在分詞的「動作執行者」</u>。其原意若以英文表達則為：

a <u>running</u> horse = a horse <u>which is running</u>

a <u>crying</u> baby = a baby <u>who is crying</u>

a <u>singing</u> bird = a bird <u>which is singing</u>

a <u>charming</u> girl = a girl <u>who is charming</u>

a <u>flying</u> kite = a kite <u>which is flying</u>

　　上面例子中屬 (b) 的部分，是指<u>動名詞</u>當做「形容詞」，用來修飾名詞；該被修飾的名詞則「不為動作執行者」。<u>此處的動名詞是指「用途」或「目的」的意思</u>。其原意若以英文表達則為：

a <u>swimming</u> pool = a pool （which is used） for swimming

a <u>smoking</u> tray = a tray （which is used） for smoking

a <u>dining</u> table = a table （which is used） for dining

a <u>sitting</u> chair = a chair （which is used） for sitting

a <u>driving</u> license = a license （which is used） for driving

　　上面例子中屬 (c) 的部分，是指<u>過去分詞</u>當做「形容詞」，用來修飾名詞；<u>該被修飾的名詞則有「動作被施加於其上」或「主動完成該動作」的意思</u>。其原意若以英文表達則為：

the <u>solved</u> problem = the problem <u>which is solved</u>

the <u>written</u> letter = the letter <u>which is written</u>

the <u>arranged</u> schedule = the schedule <u>which is arranged</u>

*the <u>retired</u> teacher = the teacher <u>who has retired</u>

*the <u>gone</u> love = the love <u>which</u> <u>has gone</u>

　　上面最後兩句前方有註記 * 的，是表示「完成」的意思。這裡要請讀者注意的是：這種完成式的過去分詞，<u>只限於該動詞是不及物動詞才可</u>，否則不可用來表示「完成」之意。以前三個例子為例，<u>不可寫成如下</u>：

the problem <u>which has solved</u>（錯誤）

the letter <u>which has written</u>（錯誤）

the schedule <u>which has arranged</u>（錯誤）

　　因 **solved**、**written** 及 **arranged** 均是<u>及物動詞</u>，在此只能以被動式表示，不可以完成式表示，這點請讀者要注意。

　　上面 **(a)** 及 **(c)** 兩部分裡的例子，是屬於現在分詞及過去分詞當形容詞的例子，這些分詞也可當做「補語」，也就是：這些分詞可直接放在被修飾詞的後方（下節「形容詞之型式九」將做詳細介紹）。所以這些例子亦可寫為：

a running **horse** = a **horse** running

a crying **baby** = a **baby** crying

a singing **bird** = a **bird** singing

a charming **girl** = a **girl** charming

a flying **kite** = a **kite** flying

the solved **problem** = the **problem** solved

the written **letter** = the **letter** written

the arranged **schedule** = the **schedule** arranged

the retired teacher = the teacher retired

the gone love = the love gone

但是請讀者要記得，**(b)** 部分是以動名詞當形容詞，這就不可將動名詞當補語直接放在被修飾詞（名詞）的後面。

〔 練習題 2-14 〕

請以「現在分詞＋名詞／動名詞＋名詞／過去分詞＋名詞」的型式將下列中文詞譯成英文。

① 說話的藝術

② 飲食的禮節

③ 閱讀習慣

④ 駕駛技術

⑤ 包裝機器

⑥ 登山隊伍

⑦ 飲水機

⑧ 搬家公司

⑨ 走路的樣子

⑩ 彎腰的角度

⑪ 切菜板

⑫ 活字典

⑬ 起居間

⑭ 輸的一方

⑮ 閒置的文件

⑯ 武裝部隊

⑰ 通過的法案

⑱ 煎牛排

⑲ 炒蛋

⑳ 醃黃瓜

㉑ 切片西瓜

㉒ 乾香菇

㉓ 感動的聽眾

㉔ 失去的機會

㉕ 破碎的心

㉖ 感染的部位

㉗ 煮熟的鴨子

㉘ 滿足的喜悅

㉙ 舞后

㉚ 迷路的孩子

㉛ 訪問學者

㉜ 狂吠的狗

㉝ 跳躍的青蛙

㉞ 飛翔的燕子

㉟ 教書的老師

㊱ 探險的登山客

㊲ 等待的乘客

㊳ 做夢的少女

㊴ 打掃佣人

㊵ 複誦的學生

2.7 型式九：名詞＋分詞片語

　　許多學習者在閱讀文章時，經常會栽在這種型式的形容詞裡，尤其是動詞的過去式與過去分詞相同時。這種結構的觀念其實很簡單，但在閱讀或寫作時不可不謹慎。

　　筆者在「型式七」裡詳細介紹了關係代名詞的觀念，在此要延續來談關於關係代名詞被省略時應配合注意的事項。是的，語文的演進也是力求簡單明瞭，我們先前談論的關係代名詞不論它扮演「主格」或「受格」的角色，都可以被省略，主要是因為：要避免長句中的關係代名詞出現許多次，而破壞歐美人士一直注重的句子的美感。當讀者在省略關係代名詞時，請把握下述原則：

1. 如果關係代名詞是扮演「受格」的角色，則可無條件地予以省略。

2. 如果關係代名詞是扮演「主格」的角色，則將它省略後，其所引導的形容詞子句將因缺乏主詞而無法構成一子句，此時請將其動詞改為分詞型態即可（請注意：不論動詞為現在式、過去式或進行式，一律改為分詞型式）。由這分詞引導的部分，即是所謂的分詞片語。

　　就以「型式七」裡的例子而言，我們可將之簡化如下：

(a) 我最喜歡的小說
　　（**the novel** I like best）

(b) 在庭院玩耍的狗兒們
　　（**the dogs** playing in the yard）

(c) 教我們英文的老師
　　（**the teacher** teaching us English）

(d) 我在公園遇到的朋友
　　（**the friend** I met in the park）

(e) <u>正在過馬路的</u>老人與狗

　　（**the old man and the dog** <u>crossing the street</u>）

針對上面各句，其關係代名詞省略的原因及改寫的原則解釋如下：

(a)：直接省略當受格的 **which**。

(b)：省略當主格的 **which** 後，將<u>現在式</u>動詞 **play** 改成分詞 **playing**。

(c)：省略當主格的 **who** 後，將<u>過去式</u>動詞 **taught** 改成分詞 **teaching**。

(d)：直接省略當受格的 **whom**。

(e)：省略當主格的 **that** 後，將<u>進行式</u>動詞 **are crossing** 改成分詞 **crossing**。

　　形容詞子句的「主格」關係代名詞省略時，其主要動詞改為分詞的時候，要注意到下列幾點：

a. 上例中，例句 (e) 的 **are** 是形容詞子句裡的主要動詞，<u>crossing</u> **the street** 則表示<u>狀態式</u>（因 **crossing** 是分詞）的主詞補語。原來的規則是得將 **are** 改為分詞 **being**，但是 **crossing** 本身就具有分詞的特性，所以將同樣表示狀態的分詞 **being** 省略，以免構成重覆表達兩個動詞的狀態（即：<u>being</u> <u>crossing</u> **the street**）。然而，對於 **the girl who is happy**，如果將扮演主格的 **who** 省略，其動詞 **is** 就得改為 **being**，並且不可省略，因為 **happy** 不是個含有動詞特性的形容詞（有時形容詞可直接置於名詞後方當補語，但大都以型式十一與型式十二的方式出現較為常見）。因此，省略 **who** 後，將成為：**the girl being happy**。

b. 上面例句 (b) 原本的形容詞子句的動詞 **play** 為現在式，例句 (c) 的動詞 **taught** 為過去式，若要改成分詞型式，則<u>不論動詞為現在式或過去式，一律將之改為現在分詞</u>。

c. 如果關係代名詞引導的子句裡的<u>動詞是被動式</u>，則扮演主格的關係代名詞被省略後，<u>其 be 動詞不管是現在式或過去式，雖然被改為 **being**，但亦可省略</u>。

這點等同於 a. 項的說明。例如：a dog <u>which was killed</u> by a car 可改為 a dog <u>being killed</u> by a car，也可改為 a dog <u>killed</u> by a car。此觀念可類推至完成式的被動語態，例如：the homework <u>which has been done</u>，此句可改為 the homework <u>having been done</u>，也可改為 the homework <u>done</u>。

本型式的形容詞觀念雖然簡單，但卻是許多學習者在閱讀或書寫時的罩門，究其原因不外乎<u>乏於練習</u>。然而，筆者仍要再次強調：<u>經過懂英文文法的人講解後，要瞭解文法是容易的，但是要將這些觀念應用在英文的使用上時，可又是另外一回事了。</u>

<u>型式八</u>與<u>型式九</u>的形容詞均與分詞相關，這兩種型式的形容詞在英文的表達上佔相當大的比重。在分詞的使用上，有時會造成學習者困擾的是在於「現在分詞」與「過去分詞」的使用時機。也就是學習者在判斷該動作是「主動」或「被動」時，有時會誤判，或對<u>有「動詞」含意的英文字在使用上有誤解，而造成分詞的誤用</u>。請看下面例句：

① **devote** – vt. 貢獻、專心、致力（字典裡的解釋）

    a. 王先生<u>致力</u>社會慈善事業。

      （**Mr. Wang** <u>devotes</u> **to social charities.**）

    b. 湯姆<u>專心</u>準備期末考試。

      （**Tom** <u>devoted</u> **to preparing the final exam.**）

<u>上面兩例句英文的動詞部分是錯的</u>。這主要是因為字典中對於 **devote** 的中文解釋較含糊，它應解釋成：「將……貢獻出」、「使……專心」、「將……致力」，如此學習者才可能較易體會出該字的真正意思。再者，字典裡的解釋前也註明了<u>該字為 **vt**</u>（及物動詞之意），而非 **vi**（不及物動詞），因此該字的使用上是<u>需要有受詞的</u>；又，因它是及物動詞，所以<u>也可以被動的型式出現</u>。因此上面兩句的英文應改寫如下：

* ＜主動語態時＞

Mr. Wang <u>devotes himself</u> **to social charities.**

（原意為：王先生<u>將他自己獻給</u>社會慈善事業。）

Tom <u>devoted himself</u> to preparing the final exam.

（原意為：湯姆<u>使他自己專心</u>於準備期末考試。）

＊＜被動語態時＞

Mr. Wang <u>was devoted</u> to social charities (by himself).

（原意為：王先生（被他自己）<u>獻給（或說獻身）</u>社會慈善事業。）

Tom <u>was devoted</u> (by himself) to preparing the final exam.

（原意為：湯姆（被他自己）<u>致力</u>於準備期末考試。）

上面改寫後的句子，下方的中文是句子的原意，由我們來解讀時似乎有些<u>饒舌</u>，但卻是 a. 與 b. 兩句的原始意思；當然了，我們在翻譯時，還是得以上面 a. 與 b. 兩句的中文意思為主，才比較貼近我們平常的表達方式與口氣。

② hide – vi，vt. 藏、隱藏（字典裡的解釋）

　　a. 他藏在桌子底下。(He <u>hides</u> under the table.)

這個例子的解釋與 ① 是一樣的。此例子<u>右方的英文句子也是錯的</u>，應改寫為：

＊＜主動語態時＞

He <u>hides himself</u> under the table.

（原意為：他<u>將他自己藏</u>在桌子底下。）

＊＜被動語態時＞

He <u>is hidden</u>（by himself）under the table.

（原意為：他<u>被</u>（他自己）藏在桌子底下。）

③ ring – vi，vt. 響（字典裡的解釋）

　　a. 電話響了。（The telephone is ringing.）

有學生看了這例句就問我：電話怎麼會自己響呢？它是被撥通號碼後才響的，所以應該用過去分詞才對啊！這個問題似乎很有道理，但是老外的說法是：沒錯，電話是被撥通的，但是電話本身可用「響鈴」、「閃燈」、「震動」或其他方式來告訴你；所以「響鈴」的動作是電話本身主動的權利。因此電話響了，是用現在分詞 ringing 這不及物動詞的特性，而非過去分詞 rung。此外，當我們拜訪友人時，我們會按門鈴，此時我們就得取 ring 當做及物動詞時的特性及含意（即：使……響）來表達，如：We always ring the bell when we call on a friend.，此句英文的原意翻成中文為：當我們拜訪友人時，我們會使門鈴響。當然了，這樣子的直接翻譯不符合我們平常的用語，應將生硬的「使門鈴響」改成合乎我們口語化的「按門鈴」較為貼切。這也就是筆者一直強調的，各位讀者在閱讀本書學習英文的過程中，不僅學得了英文，同時也瞭解到英美人士對語文表達的觀念究竟與我們的有甚麼不同，讀者對他們的習性越了解，就越能將英文學好。

上面 ① 與 ② 的例子，是許多學習者有時較難接受的觀念，他們會說：是我主動獻身於社會慈善事業啊，是我主動藏起來啊，又不是別人使然。沒錯，他們這樣反應也對，確實這些動作不是別人使然，但是那是你使你自己獻身於社會慈善事業，也是你把你自己藏起來啊！或許有些學習者會覺得筆者如此解釋會有點硬拗，或覺得英文還蠻討厭的。是的，要是英文的文法與我們中文的一樣該有多好。但是很抱歉，它就是與我們中文很不一樣。如果你要學它，你就得接受它的觀念，否則你是學不好的。

動詞的例子真是不勝枚舉，上面的幾個例子只不過是拋磚引玉而已，目的是要喚起讀者多看、多思考及多練習的學習精神，才有可能達到學習的最佳效果。

〔 練習題 2-15 〕

請將練習題 2-7（如下所列）各句譯成之英文裡的關係代名詞省略，並做適當的文法調整（注意：不可改變句子之原來結構與語氣，並且不可漏譯或只翻譯句子大概的意思。同時，有些關係代名詞是無法省略的！）。

① 警察盤問肇禍的司機。

② 遲到的火車總是令人抱怨。

③ 我們求學的目的就是要學得一技之長。

④ 聖嚴法師說：需要的不多，想要的很多。

⑤ 她不愛吃的就是我不愛吃的。

⑥ 在紙上作畫的小孩是來自於鄰近孤兒院的孤兒。

⑦ 飯後的點心是母親為我準備的乳酪蛋糕和咖啡。

⑧ 有些捐錢的慈善家是意圖犯罪的人。

⑨ 請將書桌旁的書架上的英漢字典拿給我。

⑩ 機會總是留給準備好的人是一句中肯的話。

⑪ 我們籃球隊裡小部分人提出的建議無法符合教練的期望。

⑫ 教我們英文的老師出的題目很容易作答。

⑬ 烘烤的蛋糕比蒸的好吃。

⑭ 我放心不下的是愛哭的你。

⑮ 令我驚訝的是你竟然在此次英文期末考拿一百分。

⑯ 引起眾人注意的是她亮麗的外表。

⑰ 父母親對我們付出的關愛是我們這輩子無法回報的。

⑱ 沙灘上留下的足印伴隨著夕陽勾起我過去美好的回憶。

⑲ 我花了九牛二虎之力做的答案竟然還是錯誤百出。

⑳ 形狀是圓的椅子叫做板凳。

2.8 型式十：名詞＋不定詞

　　此種型式的形容詞，乃是由「不定詞」來扮演。一般而言，許多人會使用此種型式，但是卻不清楚其間的關係。因此，學習者在使用時便不知是否使用得當，或無法很有自信地使用。這種型式的形容詞屢見不鮮，經常會用到，讀者一定要用心瞭解。請讀者看下列例子：

① 當「不定詞」裡的動詞是及物動詞時

  (a) 要／可喝的水
    （**the water** to drink）

  (b) 要／得做的作業
    （**the homework** to do）

  (c) 要／得寫的信
    （**the letter** to write）

  (d) 要／可騎的單車
    （**the bike** to ride）

  (e) 要／得開的會
    （**the meeting** to attend）

以上的例子裡的不定詞，是當做形容詞來看待，用來修飾在它前面的名詞，此名詞（有如先前提到的先行詞一般）即為不定詞裡及物動詞的受詞。讓我們將上述例子分別各造一句如下，供讀者參考：

(1) **Soldiers in the dessert** had no water to drink.
（在沙漠裡的士兵沒有水喝。）

(2) **Everyday our teacher** gave us a lot of homework to do.
（老師每天給我們很多功課做。）

(3) **Mary** has a letter to write to John.
（瑪琍有封要寫給約翰的信。）

(4) **Yesterday Jimmy** lent me a bike to ride.
（昨天吉米借我一輛單車騎。）

(5) **My boss** has a meeting to attend **this morning**.
（我的老闆今天早上有個會要開。）

讀者可能會以上面 (1) ～ (5) 的造句與 (a) ～ (e) 的例子的中文意思做比較，進而發現中文的翻譯上有點出入。是的，在一個完整的句意中，所表現的意思要以較合乎我們日常習慣的口吻說出，才較為通順，其實根本上其意思是一樣的。這又是一例證，說明了筆者常說的：要學好英文，國文底子也不能差呀！

〔 練習題 2-16 〕

請利用不定詞（「不定詞」裡的動詞是及物動詞時）當形容詞，將下面的中文句子翻譯為英文句子（注意：不可改變句子之原來結構與語氣，並且不可漏譯或只翻譯句子大概的意思）。

① 在暑假裡，國中生要做的功課不比高中生的多。

② 迷失在登山途中沒東西<u>吃</u>可能會餓死。

③ 他不是個朋友有難時會<u>幫助</u>朋友的人。

④ **Mary** 不是會<u>做</u>這種事的女孩。

⑤ **Jack** 很幸運能夠<u>參加</u>英語演講比賽。

⑥ 我們老師總是會舉對我們可理解的例子教導我們<u>學習</u>。

② 當「不定詞」裡的動詞是<u>不及物動詞</u>時

(a) <u>要／可住的</u>房子

（**the house** <u>to live in</u>）

(b) <u>要／得照顧的</u>嬰兒

（**the baby** <u>to look after</u>）

(c) <u>要／得討論的</u>議題

（**the issue** <u>to talk over</u>）

(d) <u>要／可爬越過的</u>山

（**the mountain** <u>to climb over</u>）

(e) <u>要／得下的</u>結論

（**the conclusion** <u>to jump into</u>）

　　以上的例子裡的不定詞，也是當做<u>形容詞</u>來看待，用來修飾在它前面的名詞，此名詞（即<u>先行詞</u>）即為不定詞裡不及物動詞後面介系詞（先前筆者提過一個觀念，即：

不及物動詞＋介系詞＝及物動詞）的受詞。且讓我們將上述例子分別各造一句如下，供讀者參考：

(1) Everyone in Taipei has not a house to live in.

（所有在台北的人不一定有房子住（＝要住的房子）／不是所有在台北的人都有房子住。）

(2) The nurse has three babies to look after.

（這護士有三個嬰兒要照顧（＝要照顧的三個嬰兒）。）

(3) In the meeting, we have many issues to talk over.

（在這會議裡，我們有許多議題要討論（＝要討論的許多議題）。）

(4) We face a couple of mountains to climb over in this contest.

（在這競賽裡，我們面對了幾座山要越過（＝要越過的幾座山）。）

(5) Before the end of the meeting, the conclusion to jump into is always made by the chairman.

（會議結束前，要下的結論往往是由主席來做的。）

以上的例子裡的不定詞，是當做形容詞來看待的。請讀者一定要記住：不定詞裡**不及物動詞**加上其後的**介系詞**才能構成一有意義的修飾語，並且此介系詞絕對不可省略。筆者有家人遠嫁美國，她的外國籍先生和道地土生土長的兒女們均一致認為這種介系詞得省略，然而，文法書裡卻闡述得很清楚，這是嚴重的錯誤的。這就有如我們中國人也經常會誤用中文的情形一樣，不值得大驚小怪。

我們前面有提過，分詞是表示一種狀態。然而，不定詞是表示一個尚未執行但即將執行的動作；這個概念請讀者一定要深植心中，否則，任意使用不定詞將會導致辭不達意而造成他人誤解。

〔 練習題 2-17 〕

請利用**不定詞**（「不定詞」裡的動詞是**不及物動詞**時）當形容詞，將下面的中文句子翻譯為英文句子（注意：不可改變句子之原來結構與語氣，並且不可漏譯或只翻譯句子大概的意思）。

① 104 公司提供了許多工作機會給我們應徵。

② 即將離職的員工有些事務得移交。

③ 在成功的道路上有許多困境要突破。

④ 要跨越的第一道關卡就是克服心理障礙。

⑤ 要相處的室友是來自不同的國家。

⑥ 智慧型手機有上網的功能。

⑦ 我們老師給我一個作文題目與同學討論。

③ 當「不定詞」裡的動詞在其後或有或無名詞當其受詞，並且其後不加上與不定詞前的名詞（先行詞）有關的介系詞時

(a) 出國的計劃

（**the plan** to go abroad）

(b) 解決此問題的方法

（**the way** to solve this problem）

(c) 幫助窮人的想法

（**the idea** to help the poor）

(d) 前往日本的行程

（**the schedule** to leave for Japan）

(e) 塑身的飲食

（**the diet** to fit the body）

　　讀者可看出上例中不定詞所引導出的部分（不定詞片語），在文法上似乎與不定詞前的名詞沒什麼關連，但以位置而言，該不定詞片語是當做其前面名詞的「補語」來看待，這樣讀者就清楚了。有些用心的讀者可能會觀察到：是否上述的例子可用「型式八」的方式改以分詞型式呈現？如：

1. a plan going abroad

2. a way solving this problem

3. a schedule leaving for Japan

4. an idea helping the poor

5. a diet fitting the body

　　這真是一個重點，在文法結構上來看是完全正確的。然而，請讀者更深一層地思考下述對上面例子的解說：

1.「計劃」本身會出國嗎？－不會的，因它不是人。

2.「方法」本身會解決問題嗎？－不會的，因它不是人。

3.「行程」本身會前往日本嗎？－不會的，因它不是人。

4.「想法」本身會<u>幫助窮人</u>嗎？- 不會的，因它不是人。

5.「節食」本身會<u>塑身</u>嗎？- 不會的，因它不是人。

　　讀者請注意，<u>許多文法書大都不強調上述說明的觀念</u>，導致不少人在分詞的使用上經常辭不達意，甚至鬧笑話，因此，讀者對此觀念的應用不可不慎。在「型式八」中，筆者說得很清楚，如果被修飾的名詞是「動作的執行者」，則該動作應以「現在分詞」表示；否則，要以表示「用途」的「動名詞」表示。因此，上述的例子要在動名詞的前方加上一個介系詞，如此才會合乎我們想要正確表達的意思，才不致鬧笑話。所以<u>上述的例子應加個介系詞在分詞的前面</u>（讀者還記得嗎？以此型式而言，這種分詞就只能稱做「動名詞」哦！），加以改寫成如下較為恰當：

1. a <u>plan</u> <u>for going</u> abroad

2. a <u>way for solving</u> this problem

3. a <u>schedule for leaving</u> for Japan

4. an <u>idea for helping</u> the poor

5. a <u>diet for fitting</u> the body

〔 練習題 2-18 〕

請利用<u>不定詞</u>（如本小節所舉的「不定詞」例子）當形容詞，將下面的中文句子翻譯為英文句子（注意：不可改變句子之原來結構與語氣，並且<u>不可漏譯或只翻譯句子大概的意思</u>）。

① 請遞給我一個<u>泡咖啡的</u>杯子。

② 我要向 John 借一本<u>查單字的</u>字典。

③ 受不平等待遇者有參加示威的理由。

④ 我沒有足夠買杯奶茶的錢。

⑤ 參加音樂會的入場券是只送不賣的。

2.9 型式十一：名詞＋形容詞＋不定詞

　　此種型式的形容詞雖不多見，但只要一出現於文章中，不熟悉此型式的人準會被搞得一頭霧水，因為不知該文法間的關係，以致翻譯得很奇怪。其實，說穿了也沒什麼大不了的。且看下面的例子：

(a) 無法達成的目標

（**the goal** unable to achieve）

(b) 懶於學英文的學生

（**the student** lazy to learn English）

(c) 樂於接受批評的新手

（**the beginner** happy to accept criticism）

(d) 難以趕上的風潮

（**the fashion** difficult to keep up with）

(e) 易解的方程式

（**the equation** easy to solve）

雖說此型式的形容詞較少被一般人使用，但是其相對的中文表達方式卻是我們常

用的。因此，若能善用此型的表達方式，則句子會顯得相當簡潔。或許讀者會認為此種型式的表達較不習慣，甚至覺得其文法結構有些奇怪，但是沒關係，只要將上面例子的原始句子書寫如下，讀者一看，便能頓時大悟了：

(1) the goal （which is） unable to achieve

(2) the student （who is） lazy to learn English

(3) the beginner （who is） happy to accept criticism

(4) the fashion （which is） difficult to keep up with

(5) the equation （which is） easy to solve

上例中，括弧內的關係代名詞及動詞是可省略的（請看「型式九」的說明），只不過其中關係代名詞的補語是一般的形容詞，而不像「型式九」的例句中，關係代名詞的補語是分詞罷了（其實，筆者曾在「型式八」介紹過一個觀念：「分詞」的性質就是「形容詞」）。如此說明後，讀者們就不會懷疑其文法結構的正確性。至於句中「形容詞＋不定詞」的部分，其中「不定詞」是當做「副詞」，用來修飾其前面的「形容詞」。對於有關不定詞當做副詞的細節，請讀者參考〈副詞〉章節，在此不另贅述。

姑且讓我們對上面的例子各造個句子，供讀者參考：

1. For humans, to fully conquer the universe is a goal unable to achieve.
   （對人類而言，完全征服宇宙是無法達成的目標。）

2. Students lazy to learn English cannot learn English well.
   （懶於學英文的學生無法學好英文。）

3. Beginners happy to accept criticism will be easy to be successful.
   （樂於接受批評的新手會容易成功。）

4. The smart cell phones for elders are the fashion difficult to keep up with.
   （智慧型手機對年長者而言是難以趕上的風潮。）

5. Linear equations are equations <u>easy to solve</u>.

（二元一次方程式是<u>易解的</u>方程式。）

〔 **練習題 2-19** 〕

請以「名詞＋**形容詞**＋**不定詞**」的型式，將下列中文句子譯成英文（注意：
不可改變句子之原來結構與語氣，<u>並且不可漏譯或只翻譯句子大概的意思</u>）。

① <u>有效改善人們生活的</u>政策是值得去推動的。

② <u>跨年夜裡值得一瞧的</u> 101 大樓煙火創造了不少商機。

③ 難以<u>啟齒</u>的糗事往往埋在我們心中。

④ 慈濟志工都有一顆<u>願意付出的</u>溫暖心。

⑤ <u>適合煎的</u>東西是不<u>適合用蒸的</u>。

⑥ <u>易於接受</u>他人勸告<u>的</u>人是<u>易於溝通的</u>人。

2.10 ｜型式十二：名詞＋**形容詞**＋**介系詞**＋**名詞**｜

　　相似於上述「型式十一」，此型式的「形容詞」是當做其前方名詞的補語，「介
系詞＋名詞」的部分則當做副詞，用來修飾其前面的「形容詞」。<u>此型式的含意，在
中文的表達上是常用的</u>。且看下列例子：

(a) <u>對他人談話敏感的</u>人

（**The man** <u>sensitive to what others talk of</u>）

(b) 與應徵者聯繫的人事部門

　　（**The personnel** communicative with applicants）

(c) 與橘子不一樣的柳丁

　　（**The orange** different from the tangerine）

(d) 對我們討論有建設性的建議

　　（**The suggestion** constructive to our discussion）

(e) 在電腦上作畫的有用的工具

　　（**The tool** useful for drawing on computers）

　　此種型式的結構近似上述「型式十一」，不同處只在於在形容詞後是由介系詞加上名詞所形成的「副詞」來修飾其前方的形容詞而已。上述句子的原始內容，一樣是含有關係代名詞的，只不過被省略掉罷了。請參考上述句子的原始內容：

(1) The man （who is） **sensitive to what others talk of**

(2) The personnel （which is） **communicative with applicants**

(3) The orange （which is） **different from the tangerine**

(4) The suggestion （which is） **constructive to our discussion**

(5) The tool （which is） **useful for drawing on computers**

以下也對上面的例子各造個句子供讀者參考：

1. The man sensitive to what others talk of **is always considered suspicious.**
　　（對他人談話敏感的人總是被認為生性狐疑。）

2. The personnel communicative with applicants **belongs to the management department of a company.**
　　（與應徵者聯繫的人事部門隸屬於公司的管理部門。）

3. The orange different from the tangerine is always squeezed into juice.
（與橘子不一樣的柳丁總是被榨成汁。）

4. Jeremy's complete presentation for our project can be treated as the suggestion constructive to our discussion.
（Jeremy 對我們專案所做的完整介紹可被視為對我們討論有建設性的建議。）

5. Photoshop is a kind of tool useful for drawing on computers.
（Photoshop 是一種在電腦上作畫的有用工具。）

　　其實這些例子的結構，在使用上並不如想像中的困難，主要還是讀者不習慣罷了。如果讀者能再三練習，這種型式是非常好用的。因為此型式的結構相當簡潔，並且語意豐富，如果能善用此種結構在文句的表達上，將讓人有英文素養堪稱優質的印象。

　　對此型的結構而言，有些讀者或許會感到惶恐而問個問題：該「形容詞」後方的「介系詞」，到底要如何決定用哪個介系詞呢？當然了，如果讀者不熟悉介系詞的意思及使用時機，則確實有點困難。再者，這些介系詞的決定，還是得依據讀者想要表達的語意及口吻來決定，並沒有特殊的公式可依循，完全是出自人類自然表達語意的習慣而決定的。如本型式的例子中，sensitive to 與 constructive to 的 to，就有「對……」之意。communicative with 的 with，有「與……」之意。對 different from 的 from，讀者就得發揮些想像力了，此處的 from 有一種「從……抽離出」或「從……區別出」之意，例如：prevent from、escape from、keep away from 等，其中的 from 均具此處所言之意。至於 useful for 裡的 for，則有「對……而言」之意。

　　「介系詞」這個「甘草」角色看似不起眼，然而，想適切地使用它來傳達旨意，則非得平常就下功夫看待它才可，因為它是不可能單獨出現的，它一定是扮演「詞與詞」之間的連接角色，由於它把兩個詞之間的關係連結起來，才能令這兩個詞產生有意義的意思。礙於篇幅有限，筆者將來會另闢章節深入探討對介系詞的認識及使用，希望讀者屆時別錯過了。

　　再舉幾個例子如下供讀者參考，並請試著將其各造個句子：

1. the bills important for people's living
（民生的重要法案）

2. the food <u>dependent on</u> import

　（<u>仰賴</u>進口的食物）

3. the guard <u>responsible for</u> security

　（<u>負責</u>安全的警衛）

4. the flu <u>related to</u> infection

　（與傳染<u>有關</u>的流感）

5. the student <u>diligent in</u> study

　（<u>勤勉</u>向學的學生）

〔 **練習題 2-20** 〕

請以「**名詞＋形容詞＋介系詞＋名詞**」的型式，將下列中文句子譯成英文（注意：不可改變句子之原來結構與語氣，並且不可漏譯或只翻譯句子大概的意思）。

① <u>能勝任掌管公司的</u>人謂之總經理。

② <u>勤於教學的</u>老師往往受學生喜愛。

③ <u>缺乏練習之</u>學習是無效果的。

④ 蘋果公司喜歡網羅<u>在產品設計有創意的</u>工程師。

⑤ 台灣<u>相對於北韓</u>是一民主國家。

■ 擬似分詞

接著底下要來介紹的數個形容詞型式，是屬於「擬似分詞」類的。所謂「擬似分詞」，是指「模擬成類似分詞的一種形容詞」。這種分詞是由兩個詞中間加上一個「-」（連結）符號所構成，且被視為單一詞的一種形容詞。這種結合詞有個特性，就是其中的一個詞一定是「動詞」（除了型式十三以外），而該動詞一定是以「現在分詞」或「過去分詞」的型式出現。何時用現在分詞或過去分詞，是一般學習者較感困難的，這就要學習者本身有能力區分出「被修飾」的名詞與該分詞間的關係，也就是，被修飾的名詞究竟是構成分詞之原動詞的「主行事者（主動者）」或「被行事者（被動者）」。雖說這是一個很簡單的觀念，然而，在中文的表達上，「被動」的字眼往往不會在修飾詞中出現，如：

a. （被）寫好的信

b. （受）傷的士兵（傷兵）

c. （受）驚訝的瑪莉

d. （被）烤的牛排

e. （被）誤點的火車

上面例子中，具「被動」意味的中文字眼（如：被、受），在我們的習慣上大都不會累贅地表現出來，然而，它們具有「被動」的意思。反觀這點，在英文的表達上，卻是分得很清楚，即：「現在分詞」表達「主動」之意，而「過去分詞」表達「被動」之意。如上面例子相對的英文則為：

a. the written letter

b. the wounded soldier

c. the surprised Mary

d. the grilled **beef steak**

e. the delayed **train**

　　上面例子中，表示「主動」意味的中文，卻也與「被動」的表達方式近似，在中文來說，都是可接受的；反之，英文卻是一點都不能含糊。這使得習慣中文表達方式的我們往往得費心地花上一段時間，才能適應英文的表達方式。對不具耐心的讀者而言，這可能就會令他厭煩而不想學英文。但是話說回來，若真想學通英文，讀者就得遷就其文法，而不是文法遷就你。這或許就是學不好英文的讀者們的心聲吧！

2.11 型式十三：形容詞＋「－」＋名詞＋ ed ＋名詞

　　此型式結合了三種元素所構成的形容詞裡，是不含有動詞的，但千萬要記得第三元素「名詞」之後是加上一固定字眼「ed」（注意：非過去分詞），也因這合成的字看起來好似一般動詞的過去分詞，所以稱之為擬似分詞。請讀者注意：此型式的形容詞構成法，大都只用在要表示「具有……特性」之意的情形下，而非用在其他情形。請看下面例子：

(a) 獨眼的船長

　　（**the** one-eyed **captain**）

(b) 三隻腳的桌子

　　（**the** three-legged **table**）

(c) 仁慈心腸的母親

　　（**the** kind-hearted **mother**）

(d) 壞脾氣的姑娘

　　（**the** bad-tempered **lady**）

(e) 沒有偏見的人

　　（**the** open-minded **person**）

以上這些例子，其實可以關係代名詞引導出一形容詞子句的方式呈現。請參考下面例子：

(1) the one-eyed captain = the captain who has one eye

(2) the three-legged table = the table which has three legs

(3) the kind-hearted mother = the mother who has a kind heart

(4) the bad-tempered lady = the lady who has bad temper

(5) the open-minded person = the person who has an open mind

　　各位讀者看了上面例子的對照後，應該不難明瞭為何會有擬似分詞的產生了。這原因很明顯，就是在簡化由關係代名詞所引導的形容詞子句。畢竟用一個字就能表達意思的方式，遠比用一句話表達來得簡便許多，這是讀者需要用心琢磨並加以練習的。接著下面要介紹的也全都類似於本型式的擬似分詞，所不同處乃在於其合成字裡一定有一個分詞的元素，請讀者用心體會。

〔 練習題 2-21 〕

請以「形容詞＋「－」＋名詞＋ ed ＋名詞」的型式，將下列中文句子譯成英文（注意：不可改變句子之原來結構與語氣，並且不可漏譯或只翻譯句子大概的意思）。

① 雙耳杯拿起來比較穩。

② 簡易功能的手機較適合年長者使用。

③ 彩虹看起來就像是天空裡富美麗色彩的一幅畫。

④ 好個性的人到處受歡迎。

⑤ 在餐廳裡一杯好味道的咖啡是不便宜的。

⑥ 觸控面板的手機改革了傳統的按鍵式操作。

⑦ 遙控飛機是一項吸引人的戶外運動。

⑧ 紅豆冰棒是夏天最受歡迎的冰品。

2.12 型式十四：副詞＋「－」＋現在分詞或過去分詞＋名詞

前面有提過，何時用現在分詞或過去分詞，得完全依據被修飾的名詞是主導該動詞的行為者或被行為者所主導而定的。請讀者先思考下面中文例子的意思，然後選出相對的英文，以測試讀者對現在分詞或過去分詞的使用時機是否已能充分掌握：

(a) 早起的鳥兒

（the early-rising ／ early-risen bird）

(b) 常用的字

（the commonly-using ／ commonly-used word）

(c) 緩慢移動的地球

（the slowly-moving ／ slowly-moved globe）

(d) 從未想過的細節

（the never-thinking ／ never-thought details）

(e) 偶發事件

（the incidentally-happening ／ incidentally-happened event）

(f) 正式提出的議案

（the normally-issuing ／ normally-issued proposal）

(g) 舞姿曼妙的舞者

（the beautifully-dancing ／ beautifully-danced dancer）

(h) 已完成的專案

（the already-finishing ／ already-finished project）

(i) 狂吠的狗

（the fiercely-barking ／ fiercely-barked dog）

(j) 裝備妥善的軍隊

（the well-equipping ／ well-equipped forces）

(k) 生活愉快的作家

（the happily-living ／ happily-lived writer）

(l) 高收費的服務

（the high-charging ／ high-charged service）

　　請問讀者選對了幾個呢？解答是：(a)、(c)、(e)、(g)、(i)、(k)、(l) 的例子要選「現在分詞」型式的，而 (b)、(d)、(f)、(h)、(j) 的例子要選「過去分詞」型式的。

　　或許讀者會困惑於使用適當分詞的時機，然而唯一解決的辦法，就是要多多用心思考，並體會現在分詞與過去分詞對於被修飾的名詞的關係。在此，筆者要提出兩個重點，供讀者做為判別的依據，或許讀者就不會覺得太難掌握了。首先，筆者要給讀者一個概念，就是大部分的動詞是兼具不及物動詞與及物動詞之特性的，只有少部分的動詞只能以不及物動詞來看待。因此，第一個重點是：如果該分詞的原形動詞是「不及物動詞」（或說當做及不物動詞來看待），則該分詞一定是「現在分詞」。第二個重點是：如果該分詞的原形動詞是「及物動詞」（或說當做及物動詞來看待），則該分詞一定是「過去分詞」。在上面所舉的十二個例子裡，嚴格說來，只有例子 (e) 的 **happen** 為完全的不及物動詞，而例子 (a) 的 **rise**、(g) 的 **dance**、(i) 的 **bark** 及 (k)

的 live，這些字詞雖然在字典裡會註明有時可當做及物動詞，但是卻鮮少用到，基本上它們還是被當做不及物動詞來看待的。至於其他例子的動詞，則是普遍被當做及物動詞與不及物動詞來使用；也就是，這種兼具兩種特性的動詞較易讓讀者困惑。就以上例中的 (c)、(d) 及 (l) 的分詞元素改成另一種分詞，則可用來修飾其他名詞，如：slowly-moved furniture（緩慢搬移的家具）、never-thinking boor（從不思考的莽漢）及 high-charged customers（被索高價的顧客）。

上述的解析相信會令讀者有更進一步的瞭解。總之，思考是學通任何道理必經的步驟，願讀者多加油。上述例子的原句也與型式十三的相似，都可以關係代名詞引導出一形容詞子句來表示。底下的句子即是上述例子的原句，可幫助讀者更進一步地瞭解本型式的精神：

(1) the early-rising bird
= the bird which rose early

(2) the commonly-used word
= the word which is commonly used

(3) the slowly-moving globe
= the globe which moves slowly

(4) the never-thought details
= the details which were never thought

(5) the incidentally-happening event
= the event which happened incidentally

(6) the normally-issued proposal
= the proposal which was normally issued

(7) the beautifully-dancing dancer
= the dancer who is dancing beautifully

(8) the already-finished project

= the project which was finished already

(9) the fiercely-barking dog

= the dog which is barking fiercely

(10) the well-equipped forces

= the forces which are well equipped

(11) the happily-living writer

= the writer who lives happily

(12) the high-charging service

= the service which charged high

　　上述的例子中，讀者可能會發現，由關係代名詞所引導出形容詞子句的原句裡的動詞型態，不盡相同，這點請讀者放心，這是無大礙的，筆者只不過要測試一下讀者的觀察力罷了；這個原理與型式九所介紹的觀念（不論任何時態的動詞一律得改為分詞型式），是一樣的。

〔 練習題 2-22 〕

請以「副詞＋「－」＋現在分詞或過去分詞＋名詞」的型式，將下列中文句子譯成英文（注意：不可改變句子之原來結構與語氣，並且不可漏譯或只翻譯句子大概的意思）。

① 備妥的會議資料已置放在與會者的桌上。

② 極度驚嚇的人質終於被救了出來。

③ 受虐的外勞得向雇主提告。

④ <u>快樂唱歌的</u>小孩自然地展現出他們的無憂無慮。

⑤ <u>永恆涓滴的</u>水是可穿石的。

⑥ 賣菜婦女陳樹菊的<u>無私奉獻</u>情操值得大家景仰。

⑦ <u>極力促銷的</u>商品很快就銷售一空了。

⑧ 電子商務是一門<u>快速興起的</u>行業。

⑨ 英文是一<u>廣泛使用的</u>世界性語言。

⑩ <u>自動沖洗</u>之便斗之所以被稱為聰明乃是因為其有個感應裝置。

2.13 型式十五：名詞＋「－」＋現在分詞或過去分詞＋名詞

　　本型式是「擬似分詞」類裡最常被使用的型式，一般文章裡到處可見，請讀者用心。當然，重點還是在於使用現在分詞或過去分詞的時機要掌握正確。請看下面的例子，測試一下你選對了沒：

(a) <u>說英語的</u>國家

　　（the <u>English-speaking</u> ／ <u>English-spoken</u> country）

(b) <u>登山</u>（的）隊伍

　　（the <u>mountain-climbing</u> ／ <u>mountain-climbed</u> team）

(c) <u>造成災害的</u>海嘯

　　（the <u>disaster-making</u> ／ <u>disaster-made</u> tsunami）

(d) 處罰孩子的父母

（the children-punishing ／ children-punished **parents**）

(e) 贏得獎項的選手

（the prize-winning ／ prize-won **player**）

(f) 創業的青年

（the enterprise-starting ／ enterprise-started **youth**）

(g) 尺量測的長度

（the ruler-measuring ／ ruler-measured **length**）

(h) 塵封的記憶

（the dust-covering ／ dust-covered **memory**）

(i) 水煮（的）蛋

（the water-cooking ／ water-cooked **egg**）

(j) 手工（的）蛋糕

（the hand-making ／ hand-made **cake**）

(k) 冷氣（的）房（空調的房間）

（the air-conditioning ／ air-conditioned **room**）

(l) 肉（的）包（子）（肉做的包子）

（the meat-stuffing ／ meat-stuffed **pastry**）

　　在以上的例子裡，(a) ～ (f) 要選「現在分詞」的型式；至於 (g) ～ (l) 則要選「過去分詞」的型式。讀者選對了幾個呢？筆者相信，許多學習者會在此種型式的分詞選用時產生困擾。因此，筆者針對此型式的分詞使用時機分述於下，請讀者記住其使用規則，就不致混淆了。首先，我們把本型式裡的二個元素（「名詞」與「現在分詞或過去分詞」），再加上被修飾的另一個「名詞」一起來做說明。

1. 用<u>現在分詞</u>的時機：被修飾的名詞若是該動詞元素的<u>行為者</u>（即主詞），則本型式裡的動詞元素得用現在分詞（因這個動詞元素前的名詞即是受詞）。

2. 用<u>過去分詞</u>的時機：被修飾的名詞若是該動詞元素的<u>被行為者</u>（即受詞），則本型式裡的動詞元素得用過去分詞（因這個動詞元素前的名詞即是主詞）。

　　讀者或許會認為上面的解釋有些繞口令似的，沒關係，讓筆者以例子來解說，讀者就會較清楚。以上述例子 (a) 為例，動詞「說」的行為者是「國家」，而「英語」則是動詞「說」的受詞。例子 (b) 裡，動詞「登」的行為者是「隊伍」，而「山」則是動詞「登」的受詞。相反地，(g) ～ (l) 裡，其「主詞」與「受詞」的位置與 (a) ～ (f) 的完全顛倒。例子 (g)，「尺」是主詞，「長度」則為動詞「量測」的受詞。例子 (h) 裡，「塵」為主詞，動詞「封」的受詞則為「記憶」。例子 (i) 的主詞為「水」，動詞「煮」的受詞則為「蛋」。

　　一般而言，學習者在思考的過程中較難拿捏過去分詞的使用，這就有待讀者用心去分析，多加練習才能得心應手。如例子 (j)，「手工蛋糕」是我們日常的用語，其中看不出有動詞，但是讀者需要把它改稱為「手製的蛋糕」，如此即可明瞭。又如「訂做的西裝」，似乎也看不出主詞在哪兒，因此，將句子改稱為「裁縫師做的西裝」（因裁縫師為你量身而做的，所以謂之訂做），如此便可翻譯成 **the** <u>**tailor-made**</u> **suits**。例子 (k) 的「冷氣間」更是不易看出主詞與動詞，但是讀者必須知道「冷氣」是我們一般的簡稱，其真正的意思是「空氣調節」，所以「空氣」為主詞，「調節」為動詞，「冷氣間」則應譯成「空氣調節的房間」（**the** <u>**air-conditioned**</u> **room**）。例子 (l) 則更難令不熟此型式的學習者去思考了，因為只有一個名詞「肉包」而已，其中並沒有動詞。其實，讀者得動動腦將其翻譯成「肉做的包子」(**the** <u>**meat-made**</u> **pastry**)，或「塞肉的包子」（**the** <u>**meat-stuffed**</u> **pastry**）似乎較佳。

　　讀者或許會說，上面例子 (g) ～ (i) 比較容易理解，但是例子 (j) ～ (l) 根本想不到要如上述分析才寫得出來。這也就是讀者平常得多多涉獵英文，瞭解他人在日常生活中英文及中文的使用，才能真正學得正確的英文。

　　本型式既屬「擬似分詞類」，因此，一定能改寫成原句（即由關係代名詞引導一形容詞子句修飾先行詞的型式）。下列就是上述例子的原句，請讀者參考：

(1) the English-speaking country

    = the country which speaks English

(2) the mountain-climbing team

    = the team which climbed mountains

(3) the disaster-making tsunami

    = the tsunami which made disaster

(4) the children-punishing parents

    = the parents who punished children

(5) the prize-winning player

    = the player who won a prize

(6) the enterprise-starting youth

    = the youth who started an enterprise

(7) the ruler-measured length

    = the length which was measured by a ruler

(8) the dust-covered memory

    = the memory which was covered with dust

(9) the water-cooked egg

    = the egg which was cooked with water

(10) the hand-made cake

    = the cake which was made by hand

(11) the air-conditioned room

    = the room which was conditioned with air

(12) the <u>meat-stuffed</u> pastry

    = the pastry <u>which was stuffed with meat</u>

對了，該不會有讀者問說：這種型式的形容詞其動詞是屬於哪類的呢？<u>因為此形容詞型式裡的動詞元素一定要有個受詞，所以該動詞一定是**及物動詞**</u>。

〔 練習題 2-23 〕

請以「名詞＋「－」＋現在分詞或過去分詞＋名詞」的型式，將下列中文句子譯成英文（注意：不可改變句子之原來結構與語氣，並且不可漏譯或只翻譯句子大概的意思）。

① <u>觀光</u>團一行二十人來到了大理石工廠參觀。

② 歷年來，美國仍然在實行<u>日光節約</u>政策。

③ 反菸害運動已推行多年，然而<u>菸癮之</u>君子們依然不少。

④ <u>需要愛</u>的人是缺少愛的。

⑤ 手機有<u>訊息傳送</u>的功能。

⑥ <u>出院</u>的病人大都得定期回診。

⑦ <u>人為</u>的破壞造成了大自然無比的損失。

⑧ 西方的<u>煎蛋</u>平底鍋不適合東方人烹煮食物。

2.14 型式十六：形容詞＋「－」＋現在分詞或過去分詞＋名詞

　　這種型式的擬似分詞似乎使用得較不頻繁，但與前述的擬似分詞一樣好用。請讀者看下面的例子：

(a) 看似英俊的演員
　　（the handsome-looking actor）

(b) 味道不錯的菜肴
　　（the delicious-tasting dish）

(c) 轉好的天氣
　　（the fine-turning weather）

(d) 變虛弱的病人
　　（the weak-becoming patient）

(e) 氣味不佳的香水
　　（the bad-smelling perfume）

(f) 似乎偉大的作品
　　（the great-seeming works）

(g) （被）評為最佳的售貨員
　　（the top-ranked salesman）

(h) （被）認為重要的政策
　　（the important-considered policy）

(i) （被）證實的消息
　　（the true-proved news）

(j) （被）漆成綠色的房子

（the green-painted house）

(k) （被）設計成時尚的服裝

（the fanshionable-designed dress）

(l) （被）做成簡易的手機

（the easy-made cell phone）

　　有了先前介紹過的幾個型式的擬似分詞，讀者應較能理解此型式的形容詞。此型式的重點節錄於下：

1. 上面例子 (a) ～ (f) 中，擬似分詞裡的動詞元素是以現在分詞型式出現，此即表示被該擬似分詞所修飾的名詞是該現在分詞的主詞，而擬似分詞裡的另一元素（即現在分詞前的形容詞）則是被修飾詞的補語。讀者請參考下面的例子（即 (a) ～ (f) 之對照原句）便可明瞭：

(1) the handsome-looking actor

（= the actor who looks handsome）

(2) the delicious-tasting dish

（= the dish which tastes delicious）

(3) the fine-turning weather

（= the weather which turned fine）

(4) the weak-becoming patient

（= the patient who became weak）

(5) the bad-smelling perfume

（= the perfume which smells bad）

(6) the great-seeming works

（= the works which seemed great）

　　請讀者注意，此處的另一重點為：該現在分詞的原始動詞是屬於「**不完全不及物動詞**」，也就是一般所稱的「連綴動詞」。

2. 上面例子 (g) ～ (l) 中，擬似分詞裡的動詞元素是以過去分詞的型式呈現。雖說擬似分詞所修飾的名詞與該過去分詞在語意上有**被動**的關係，但擬似分詞裡的分詞元素前的形容詞，仍然是被修飾詞的**補語**。讀者可參考下面的例子（即 (g) ～ (l) 之對照原句），便可瞭解：

(1) the top-ranked salesman
　　（= the salesman who was ranked top）

(2) the important-considered policy
　　（= the policy which is considered important）

(3) the true-proved news
　　（= the news which was proved true）

(4) the green-painted house
　　（= the house which was painted green）

(5) the fashionable-designed dress
　　（= the dress which was designed fashionable）

(6) the easy-made cell phone
　　（= the cell phone which is made easy）

　　同上述 1. 之說明，擬似分詞所修飾的名詞依然是主詞，只不過關係代名詞所引導出的形容詞子句是具有被動意味罷了。至於擬似分詞裡的過去分詞前之形容詞，依然是被修飾詞（主詞）的補語。當然了，該過去分詞的原始動詞也屬於不完全不及物動詞。

〔 練習題 2-24 〕

請以「形容詞＋「-」＋現在分詞或過去分詞＋名詞」的型式，將下列中文
句子譯成英文（注意：不可改變句子之原來結構與語氣，並且不可漏譯或只
翻譯句子大概的意思）。

① 好看的女孩男生都喜歡追求。

② 看似溫柔的女孩不一定溫柔。

③ 保持健康的長者總是會在每天早晨做早操。

④ 現代保鮮食物之效果乃歸功於脫氧劑。

⑤ 隊長是被視為重要的選手。

⑥ 心靈成長的人才是所謂變成富有的人。

⑦ 轉晴的天氣使得大家快樂去郊遊。

⑧ 酸味的葡萄可用來釀酒。

綜觀上述型式十二至型式十六之擬似分詞，均有一共通特性，即：它們都可以用
關係代名詞引導出一形容詞子句的型式來呈現。然而，讀者得注意：這些都是具簡短
含意的形容詞子句，才可以擬似分詞的方式來表示，否則是不允許的，諸如下面的例子：

1. 一隻藍眼睛的水手（a sailor who has one blue eye）

解說：因上面的英文描述中，由關係代名詞引導的形容詞子句裡多了一個形容詞

blue 修飾 eye，所以無法以擬似分詞的型式來取代關係代名詞所引導的子句，否則是可以 **one-eyed** 來表示。

2. 開快車朝向人群的駕駛（a driver who drove fast toward the crowd）

解說：因上面英文描述中，由關係代名詞引導的形容詞子句裡多了一介系詞片語 toward the crowd（當做副詞）修飾 drove，所以無法以擬似分詞的型式來取代關係代名詞引導的子句，否則是可以 **fast-driving** 來表示。

3. 無預警地造成嚴重災害的海嘯
（the tsunami which made a serious disaster without notice）

解說：因上面的英文描述中，由關係代名詞引導的形容詞子句裡多了一個形容詞 serious 修飾 disaster，還有一介系詞片語 without notice（當做副詞）修飾 made，所以無法以擬似分詞的型式來取代關係代名詞引導的子句，否則是可以 **disaster-making** 來表示。

4. 突然轉好的天氣（the weather which turned fine suddenly）

解說：因上面的英文描述中，由關係代名詞引導的形容詞子句裡多了一個 suddenly 修飾 turned，所以無法以擬似分詞的型式來取代關係代名詞引導的子句，否則是可以 **fine-turned** 來表示。

(1) 再論分詞與不定詞

我們前面已介紹了分詞及不定詞，因為這兩種詞均與「動詞」有關，所以在使用上有時會讓學習者舉棋不定。在此，筆者要再一次提醒，原則上「分詞」是表示「動作當時的一種狀態」，而「不定詞」是表示「尚未發生，但即將去做的動作」。在分詞構句的句型裡，往往分詞構句（請讀者參考其他討論英文法的書籍）的「分詞部分」可由「不定詞」來取代，只有在下述的情況，分詞與不定詞之間不可相互取代。這種觀念常出現在大學入學考試的命題中。

❶ 當「分詞」在句中表達的是與「**時間**」有關的意思時，**不可**用不定詞取代分詞。

  (a) Driving on my way home, I saw a car accident.（不可用 To drive 取代 Driving）
    （在開車回家的途中，我看見一起車禍。）

  (b) Having taken a bath, I went to bed.（不可用 To have 取代 Having）
    （在洗完澡後，我便去睡了。）

❷ 當「**不定詞**」在句中表達的是與「**目的或結果**」有關的意思時，**不可**用分詞取代不定詞。

  (a) To earn more money, he worked hard.（不可用 Earning 取代 To earn）
    （為了賺更多錢，他努力工作。）

  (b) She grew up to be an English teacher.（不可用 being 取代 to be）
    （她長大後成了英文老師。）

❸ 分詞構句中，**分詞的部分可由不定詞取代**的例子則如下，請讀者用心體會：

  ① 表示「原因」或「理由」時

    (a) 因為餓了，我到麵包店買塊蛋糕。
      （Being hungry, I went to a bakery to buy a cake.）
      （=To be hungry, I went to a bakery to buy a cake.)

    (b) 因接到女友的來信，詹姆士感到很高興。
      （Receiving a letter from the girlfriend, James felt happy.）
      （=To receive a letter from the girlfriend, James felt happy.）

  ② 表示「條件」時

    (a) 如果幫助別人，你會發現你是快樂的。
      （Helping others, you will find that you are happy.）
      （=To help others, you will find that you are happy.）

(b) 如果受邀演講，李教授將準時出席。

（Invited to make a speech, professor Lee will be present on time.）

（= To be invited to make a speech, professor Lee will be present on time.）

③表示「讓步」時

(a) 雖然很用功，但他考試仍然無法過關。

（Studying very hard, he still cannot pass the exam.）

（=To study very hard, he still cannot pass the exam.）

(b) 縱使比賽失敗，我也不氣餒。

（Loosing in the contest, I will not be frustrated.）

（=To loose in the contest, I will not be frustrated.）

3. 結論

本章介紹至此，讀者是否會感覺到，以前從未想到形容詞竟然可在句子裡出現這麼多種型態，而不只是原來粗淺地認識字典裡編列的單詞（如：**good**、**beautiful** 等）而已。這就是筆者認為大多數國人幾十年來一直學不好英文的主要障礙，所以才會手著本書。今天讀者既已習得多種型態的形容詞，並且知道其唯一的功能是扮演修飾名詞的角色（當做直接修飾詞或補語），那麼讀者應該將之配合第一章所介紹的五大句型，多加練習造句，才能將從本書習得的知識永遠擁為己有，並內化成自己的能力之一，未來在更進一步做研究或在職場上才會無往不利。

這一章只談形容詞在英文中出現的型式，就佔了本書大部分篇幅，但這是必要的。這只不過是論及其型式而已，若要能熟練並運用得當，則讀者必須花上好些功夫練習才能達成，畢竟學會一種語文是不容易的，「用心」及「恆心」是不二法門。礙於一般學習者未能覓得有系統的方法來學習，本書就是為幫助讀者而著，希望讀者能輕易地體會本書所說明的要領，待智識獲得啟發之後，便能增強學習的信心及動能，假以時日，必定能操弄英文於股掌之中。

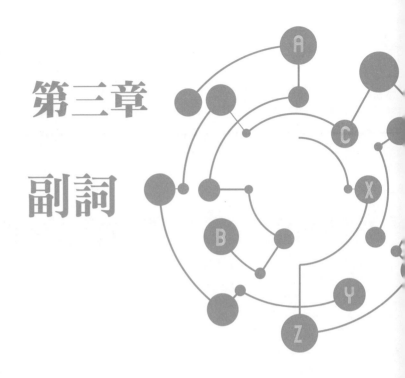

第三章

副詞

　　「副詞」就如同前一章所談的「形容詞」的角色，它也是一種修飾詞，但副詞的修飾能力比形容詞強許多。因為形容詞只能修飾名詞，而副詞能修飾所有詞類。副詞大多修飾動詞，再者是形容詞、名詞及副詞。在談論形容詞章節的開頭，筆者曾提到，「副詞」也是造成學習者學習成效不彰的元兇之一，為使讀者能更容易分辨副詞在句子中出現的樣子，本章將以分類的方式加以介紹，使讀者清楚掌握句子裡何者為副詞。

　　副詞的種類，大致可依其特性分為：時間、地方、數量、程度、方法、狀態、肯定、否定、條件、目的、結果、原因、理由與讓步等類。凡屬這些種類特性的單字、片語、成語、不定詞與子句等，我們均稱之為副詞。

＊副詞出現的型式

　　有個重要的觀念（如同在介紹形容詞時所言），也適用在副詞的辨別，亦即：在字典裡可查閱到的，與查閱不到的副詞。至於查閱不到的副詞，就得由讀者自己去創

造了。這個創造是有規則的，將介紹如下。

　　其實副詞被使用的頻率，不亞於形容詞。由於副詞的包容性大，能修飾各種詞類，並且在文句中的位置較具彈性，不見得像形容詞一般得放在被修飾詞的前方或緊跟在後頭，也因此造成學習者的困擾。因為不同的副詞具有不同的特性，並且在句子裡的位置也不盡相同，所以請讀者在研讀本章時，能多加注意，以免將其與形容詞彼此混淆。

1.「字典裡找得到的」副詞

1.1　型式一：單詞型

　　這種型式的副詞，是大家耳熟能詳的，如：**happily**、**hastily**、**beautifully**、**diligently**、**already**、**always**、**often**、**forever**、**today**、**yesterday**、……等。雖說這些字眼很簡單，但前面提過，因特性不同，所以它們在句子裡的位置也不盡相同。這個部分在一般文法書裡均有探討，除非有必要，否則本書將不贅述。這裡將幾種不同特性的單詞式副詞，分類列舉如下，供讀者參考：

(a) 表示肯定或否定的副詞

yes、**no**、**not**、**really**、**surely**、**never**

(b) 表示時間的副詞

when、**while**、**as**、**today**、**tomorrow**、**ago**、**already**、**early**、**always**、**ever**、**before**、**after**

(c) 表示地方的副詞

where、**here**、**home**、**near**、**far**、**outside**、**everywhere**、**backward**

(d) 表示方法或狀態的副詞

how、**well**、**rapidly**、**slowly**、**fast**、**badly**、**successfully**、**diligently**、**lazily**、**happily**、**merrily**、**sadly**、**angrily**

(e) 表示<u>數量或程度</u>的副詞

little、much、less、more、enough、so、very、too、hardly、pretty、almost、extremely、 excessively、moderately、gradually

(f) 表示<u>原因或理由</u>的副詞

why、because、as、since

(g) 表示<u>讓步</u>的副詞

although、though、however、still、yet、but

2. 「慣用成語參考書找得到的」副詞

2.1 型式二：名詞型

這種型式的副詞是由二個至數個單字所構成，基本上它應是以「介系詞」引導出來的片語；然而，由於長年來人們在表示「時間」、「方法」及「次數或程度」類副詞的使用上較頻繁，久而久之便習慣將介系詞省略掉，如：

(a) last night（昨晚）

(b) this morning（今天早上）

(c) three minutes ago（三分鐘前）

(d) next week（下星期）

(e) day by day（日復一日）

同樣的情形亦見於表示為「方法」類的副詞，如：

(a) hand in hand （手牽手）

(b) side by side（肩並肩）

(c) one by one（一個接一個）

(d) one to one（一對一）

(e) face to face（面對面）

再者為表示為「次數或程度」類的副詞，如：

(a) next time（下次）

(b) five times（五次）

(c) time after time（一次又一次）

(d) little by little（漸漸地）

(e) cats and dogs（猛烈地）

　　上面這些例子整體來看，每個例子均是名詞片語的型態，但是在應用上都得以副詞來看待，否則，如果在這些名詞前加上了介系詞，則在某些情況下會變得辭不達意，尤其是該介系詞可能與其前方的動詞構成其他的慣用語（成語）。請看下面的例子：

(a) They passed one after another.

(b) They passed in one after another.

(c) They passed on one after another.

(d) They passed at one after another.

(e) They passed by one after another.

上面例子中，雖然句子 (b) ～ (d) 都比句子 (a) 多了個介系詞，然而其意思大致上是相同的，可以翻譯成「他們一個接一個地通過了」（in ／ on ／ at one after another 當做副詞修飾動詞 passed），此句的含意是強調「他們每個人」。但是句子 (e) 的意思，則因為介系詞（或說是副詞）by 與 pass 構成了另一種意思，該句的翻譯則可能成為「他們忽略了一個又一個」（即 one 當做動詞 passed by 的受詞），此句的含意是強調「一個又一個的物件」。當然基於這種文法的解釋，可能讀者會將句子 (a) 做另一番的解釋，成為「他們通過了一個接一個的物件」。其實這些解釋都對，因為這些句子就有如筆者先前提過的曖昧語句一樣，然而，我們在解讀這些句子時，應先將 one after another 視為成語，然後才去解析其他的部分，這樣會比較恰當。因此，此型式的特性，讀者要多加留意。

針對上面這些例子，筆者造些簡單的句子如下，供讀者參考：

(a) I went to a movie last night.（last night 修飾 went）
　　（我昨晚去看電影。）

(b) My boss will hold a meeting this morning.（this morning 修飾 hold）
　　（我老闆今天早上將舉行個會議。）

(c) She sat here for reading three minutes ago.（three minutes ago 修飾 sat）
　　（她三分鐘前坐在這兒看書。）

(d) Next week, I will go to Taichung to call on my childhood teacher.
　　（Next week 修飾 go）
　　（下週，我會去台中拜訪我孩提時的老師。）

(e) Taken good care of, patients are getting better day by day.
　　（day by day 修飾 are getting）
　　（由於受到好的照料，病人日復一日地好轉。）

(f) All the students made a circle hand in hand.（hand in hand 修飾 made）
　　（所有的學生手牽手地圍個圓圈。）

(g) Our classmates sat side by side listening to our teacher's lecturing.

（side by side 修飾 sat）

（我們同學肩並肩地聆聽老師講課。）

(h) Cases coming one by one made workers exhausted.

（one by one 修飾 coming）

（一個接一個來的案子使得工作人員忙死了。）

(i) Interviewing all the applicants one to one really consumed a lot of time.

（one to one 修飾 Interviewing）

（一對一地面試應徵者確實費時。）

(j) Communicating face to face with each other can decrease the misunderstanding between the two.（face to face 修飾 Communicating）

（面對面地相互溝通能減少雙方的誤解。）

(k) I will do the job better next time.（next time 修飾 do）

（我下次會把工作做得更好。）

(l) He has repeated the mistake five times on the spelling of the word "Mississippi".

（five times 修飾 has repeated）

（他已經在 Mississippi 這個字的拼音上犯了同樣的錯誤五次了。）

(m) The teacher advised students time after time not to play truant.

（time after time 修飾 advised）

（老師再三告誡學生不要逃學。）

(n) The sun rises little by little in the east.（little by little 修飾 rises）

（太陽在東方漸漸升起。）

(o) It rained cats and dogs this afternoon.（cats and dogs 修飾 rained）

（今天下午雨下得很大。）

此外，還有一些習慣性的狀況，會以名詞當做副詞用來表示「程度」的意思，藉

以修飾形容詞：

(1) John is <u>six feet and five inches</u> **tall.**（<u>six feet and five inches</u> 修飾 **tall**）

（約翰有<u>六呎五吋</u>高。）

(2) Beauty is but <u>skin</u> deep.（<u>skin</u> 修飾 deep）

（美麗是<u>膚</u>淺的（像<u>皮膚</u>般地深而已）。）

(3) The building 101 is <u>one hundred and one stories</u> **high.**

（<u>one hundred and one stories</u> 修飾 **high**）

（**101** 大樓有<u>一百零一層樓</u>高。）

〔 練習題 3-1 〕

請以下列「名詞」型式的副詞各造個句子。

① one way or another

② some day or other

③ all in all

④ time after time

⑤ step by step

⑥ piece by piece

⑦ the day after tomorrow

⑧ back to back

⑨ some other day

⑩ every now and then

2.2　型式三：介系詞＋名詞 與 介系詞＋名詞＋介系詞＋名詞

　　此型的副詞在結構上，與形容詞章節中的「型式三」與「型式六」相似，然而其所表達的意思大都不是用在修飾名詞。那麼該如何辨別這種型式的修飾詞是屬於形容詞或副詞呢？其實很簡單，讀者只要用點心在「修飾詞」與「被修飾詞」之間「詞意的相關性」，就可分辨清楚，完全不會被搞混。請看下面例子的解說。

(a) He is now at ease.
　　（他現在悠哉著。）

(b) He has completed the job with ease.
　　（他已輕鬆地把工作完成了。）

　　上面例子 **(a)** 的 **at ease** 很明顯可看出是當做形容詞，用來當做修飾主詞 **He** 的補語，其結構是「S ＋ V ＋ SC」的標準句型。至於例子 **(b)**，則很難看出 job 與 ease 會有什麼意義上的關連，若硬要說有關連的話，介系詞也不該是 with，而應是 of 才合理（the job of ease 可翻譯為「容易的工作」）。因此，很明顯地，with ease（意為：帶著輕鬆）是來修飾動詞 **completed** 的副詞，而不是用來修飾 job 的形容詞，因為工作本身不具有輕鬆與否或容易與否，主要還是得看做工作的人而定，例如某個簡單的工作對某些人（如：外行人或懶惰的人）而言，是不簡單的，而某個困難的工作對某些人（如：熟知該工作特性的人）而言，卻是簡單的。

　　再看下面的例子：

(c) She put a book on the desk.
　　（她把一本書放在書桌上。）

(d) She took a book on the desk.

（她拿了在書桌上的一本書。）

上面例子 **(c)** 中的 **on the desk**，顯然也是與動詞 **put** 有關，讀者若用中文來描述也是如此。該句中文的原句意為：她在書桌上放了一本書，以較口語化的說法為：她把一本書放在書桌上，這種解釋清楚說明了動詞「放」是與副詞「在桌上」（表示位置之意）有關係的。如果說 **on the desk** 是當做形容詞用來修飾 **book**，那是否應翻譯成「她放桌上的一本書」呢？若是如此，則這句中文的語意很明顯是有的瑕疵的，因語意不完整（即辭不達意）。因此，例子 **(c)** 的 **on the desk** 確實應被視為副詞，用來修飾動詞 **put**，如此的語意才正確。至於例子 **(d)** 的 **on the desk** 則是被當成形容詞，用來修飾名詞 **book**，較為合乎句意，它可翻譯成：她拿了在書桌上的一本書。有些讀者或許會說，該句如果翻譯成：她在書桌上拿了一本書，不也很通順嗎？這種說法看似正確，但是仔細探究後可發現，這又是我們隨意表達中文均可令他人明白意思的例子，但英文卻是一板一眼的。如果該句的中文能修正成：她從書桌上拿了一本書，則似乎更為貼切及嚴謹了。本句相對的英文，則得翻譯成 **She took a book** from **the desk** 了。

讀者在看了上述的解說後，可能會感受到上面四個例子裡，介系詞的角色還真不可忽視，尤其是與動詞搭配使用時，經常有特定的意義（亦即所謂的「成語」），並且不能隨便搭配，如：**give... from**、**receive... to** 等，這些例子均是無意義的。

我們可由以上四個簡短的句子分析，看出其實學習英文並不難，但是學習者也得要花些心思去深究其中與中文的不同之處，日久必可悟出可貴的心得，這也就是學習英文的收穫；否則，只會死記死背，將永遠學不好英文〔因英文的字詞（即單字）非常多，結構及用法上沒有一定的規則〕。再者，許多英文字詞有多種含意（因其經常會引用近似中文造字六大原則的轉注與假借），如果無法深切瞭解其出處及用法，就算文法再通，恐怕有時仍難免詞窮呢！因此，筆者前面所提「學而不思則罔，思而不學則殆」的精神，得由學習者自身體會後並貫徹，如此才能在每次學習時都有驚喜，這也就是學習的樂趣，同時這些用心在他日則會成為學習的成果。要是能再進一步將心得傳授與他人，就是造福他人的成就了。

針對成語字典裡找得到的副詞片語，筆者將簡單地大致分類，並在各類中舉些例子，使讀者瞭解其在句中出現的型態：

(1) 表示「時間」的副詞

如：at once、at the present time、for good、for the time being、on time：

(a) Tom was asked to go back <u>at once</u> to his study room to do his homework.
（<u>at once</u> 修飾 **go**）
（湯姆被要求<u>立刻</u>回書房寫家庭作業。）

(b) <u>At the present time</u>, the most important is to save the man drowning.
（<u>At the present time</u> 修飾 **is**）
（<u>目前</u>最重要的是拯救溺水的人。）

(c) The train we took yesterday arrived <u>on time</u>.（<u>on time</u> 修飾 **arrived**）
（我們昨天搭的火車<u>準時</u>到達。）

(d) Artificial flowers can be kept <u>for good</u>.（<u>for good</u> 修飾 **be kept**）
（人造花能<u>永久</u>保存。）

(e) In short of rice for cooking, noodles were applied <u>for the time being</u>.
（<u>for the time being</u> 修飾 **were applied**）
（短缺了米供煮飯，<u>暫時</u>以麵代替。）

(2) 表示「方法」或「狀態」的副詞

如：by train、in advance、in haste、over the phone、with care：

(a) I will take a trip to Hualian <u>by train</u> this Sunday.（<u>by train</u> 修飾 **take**）
（這星期日我要<u>坐火車</u>到花蓮旅遊。）

(b) People should buy tickets <u>in advance</u> before entering the theatre.
（<u>in advance</u> 修飾 **buy**）
（進入戲院前，人們須<u>預先</u>購票。）

(c) Three students entered the classroom <u>in haste</u> after the bell had rung.

（<u>in haste</u> 修飾 **entered**）

（鐘聲響了之後，三個學生才<u>匆匆</u>進入教室。）

(d) Overseas students always make communication with their family <u>over the telephone</u>. （<u>over the telephone</u> 修飾 **make**）

（留學生總是<u>透過電話</u>和家人聯繫。）

(e) Most students will answer the questions <u>with care</u> during exams.

（<u>with care</u> 修飾 **answer**）

（考試時，大多數學生都會<u>小心</u>答題。）

(3) 表示「目的」的副詞

如：for the purpose of、for the sake of、with a view to :

(a) <u>For the purpose of winning the champion</u>, we all do our best in the relay race.

（<u>For the purpose of winning the champion</u> 修飾 **do**）

（<u>為了要贏</u>得冠軍，我們在接力賽中全都盡了最大的努力。）

(b) <u>For the sake of saving more money</u>, she is very frugal in her daily life.

（<u>For the sake of saving more money</u> 修飾 **is**）

（<u>為了存</u>更多的錢，她在日常生活裡很節儉。）

(c) He exercised himself intensively <u>with a view to climbing Mt. Everest</u>.

（<u>with a view to climbing Mt. Everest</u> 修飾 **exercised**）

（<u>為了要爬</u>聖母峰，他密集地鍛練他自己。）

(4) 表示「原因」或「理由」的副詞

如：in accordance with、in view of、in virtue of、on account of、with regard to :

(a) In accordance with the official report, the overloaded ship has sunk.

（In accordance with the official report 修飾 has sunk）

（根據官方的報告，該超載的船已沉沒。）

(b) In view of lack of budget, this project has to be terminated.

（In view of lack of budget 修飾 has）

（鑒於缺乏預算，這一專案必須被終止。）

(c) The activity has been postponed in virtue of a strong typhoon.

（in virtue of a strong typhoon 修飾 has been postponed）

（因為有強烈颱風，該活動已經被延期。）

(d) The meeting was cancelled on account of less attendant.

（on account of less attendant 修飾 was cancelled）

（因為出席者較少，因此會議被取消了。）

(e) With regard to environment protection, many countries in the world have a consensus.（With regard to environment protection 修飾 have）

（關於環境保護，世界上的許多國家已達成共識。）

(5) 表示「結果」的副詞

如：as a result、for this reason、in consequence：

(a) As a result, the ending of the story was that both the two roles loving each other got married at last.（As a result 修飾 was）

（結果，故事的結局是相愛的兩個角色終於結婚了。）

(b) For this reason, the experiment proved that our hypothesis was correct.

（For this reason 修飾 was）

（因此，實驗證明我們的假設是正確的。）

(c) In consequence, the conclusion of the meeting included three important points.
（In consequence 修飾 included）
（結果，會議的結論包括三個要點。）

(6) 表示「讓步」的副詞

如：for all、in spite of：

(a) For all his efforts, Jeniffer still rejected his proposal.（For all 修飾 rejected）
（儘管他多麼 努力，珍妮佛仍然拒絕了他的求婚。）

(b) In spite of bad weather, a team for arctic expedition kept going on schedule.
（In spite of bad weather 修飾 kept）
（不管壞的天氣，北極探險隊繼續依行程進行。）

(7) 表示「條件」的副詞

如：in case of、on condition：

(a) In case of fire, please call 119 for help.（In case of fire 修飾 please）
（倘若發生火警，請打 119 電話求援。）

(b) On condition that tomorrow is a rainy day, we will not go on a picnic.
（On condition 修飾 will not go）
（如果明天下雨，我們將不野餐。）

(8) 表示「地方」的副詞

如：on the spot、over there：

(a) A witness saw the whole car accident on the spot.（on the spot 修飾 saw）
（一位目擊者在現場看到車禍的全部過程。）

(b) You have to go <u>over there</u>, and you can get the latest news.（<u>over there</u> 修飾 go）

（你必須去<u>那兒</u>，而你就能得到最新消息。）

(9) 表示「程度」的副詞

如：to the bottom、to the maximum、to the extremity、to death、to the death：

(a) The police searched the suspect <u>to the bottom</u>.

（<u>to the bottom</u> 修飾 **searched**）

（警察對嫌犯<u>徹底地</u>搜身。）

(b) We have to make good use of resources <u>to the maximum</u>.

（<u>to the maximum</u> 修飾 **make**）

（我們必須善用資源到<u>最大的效益</u>。）

(c) All the fans for Lady Gaga are maniac <u>to the extremity</u>.

（<u>to the extremity</u> 修飾 **maniac**）

（**Lady Gaga** 的所有粉絲都<u>非常地</u>瘋狂。）

(d) Most of the consumers put on the waiting list are hungry <u>to death</u>.

（<u>to death</u> 修飾 **hungry**）

（大多數候補的消費者都餓得要死（<u>非常地</u>餓）。）

(e) Many people in Kenya were hungry <u>to the death</u>.

（<u>to the death</u> 修飾 **hungry**）

（很多肯亞人餓（到）<u>死</u>。）

　　本型式是一重要的副詞類型，以上所舉的例子都是在成語字典裡或一般字典裡均可查閱得到的，請讀者一定要多多背記，將來才能在表達時得心應手。

〔 練習題 3-2 〕

請將下列中文句子譯成英文（各句中畫底線的部分，請以「介系詞＋名詞」或「介系詞＋名詞＋介系詞＋名詞」的型式表示之。注意：不可改變句子之原來結構與語氣，並且不可漏譯或只翻譯句子大概的意思）。

① 候選人<u>挨家挨戶地</u>拜訪請求支持。

② <u>依照</u>校規，曠課者得記一次警告。

③ <u>預先</u>購票者可享八折優待。

④ 對客戶<u>詳細</u>解說交易細則是客服人員的責任。

⑤ 玻璃製品易破，你必須<u>小心</u>搬運。

⑥ 當地震開始時，我<u>立即</u>衝到門外。

⑦ 我們當子女者<u>絕不可</u>對父母親回嘴。

⑧ 人類會<u>出自同情心</u>幫助有需要的人。

⑨ 上飛機前，所有登機者得被飛安人員<u>徹底地</u>檢查。

⑩ <u>為了促銷的目的</u>，業務代表在工作上無不使出渾身解數。

3. 「字典及慣用成語參考書裡找不到的」副詞

在此情形下，讀者就得自行創造了。讀者不必害怕，其實在觀念上很簡單，一點都不難，請掌握下述三種要領就可以了：

① 「介系詞＋名詞」的型式

② 「不定詞」的型式

③ 「子句」的型式

我們在探討這些型式時，請讀者要隨時牢記副詞的種類及其意義，如此才能大膽地創造出來。本章開頭對副詞的歸類，是對我們生活周遭比較大範圍且容易歸納的部分而做的，其實尚有許多不便細分而難以歸類的副詞，也常用在我們日常生活當中，如：**in fact**（事實上）、 **to the left**（向左）、**in other words**（換句話說）等。總之，語文不是死板的，只要是大眾在溝通時予以認可的，就可被收納入語文之範疇了。

3.1 型式四：介系詞＋名詞

這種型式的副詞結構完全與「型式三」的相同，只不過是當你需要時，你就得自行創造（這與形容詞的情形一樣）。基本上，成語字典裡所收錄的副詞成語為數已相當多，我們在寫文句時經常會加以套用。至於要讀者自己去創造的情況已不多了，但要注意的是，介系詞的選用得用心斟酌，因為某些動詞搭配不同的介系詞便具有不同的意思，請多參閱好的字典。舉幾個簡單的例子如下，供讀者參考：

(a) **Our seminar will begin at 10 tomorrow morning.**（表示時間；at 10 修飾 begin）
（我們的研討會將在明天上午十點鐘開始。）

(b) **University entrance exam is always held in July every year.**（表示時間；in July 修飾 is held）
（大學入學考試總是每年在七月舉行。）

(c) I withdrew NT$50,000 from my savings account in Shanghai commercial and savings bank.（表示地方；from my savings account 修飾 withdrew）
（我從我在上海銀行的活儲戶頭提領了台幣五萬元。）

(d) The magician threw two white balls into the magic box.
（表示地方；into the magic box 修飾 threw）
（魔術師將兩個白球丟進了魔術箱裡。）

(e) Several classmates of mine studied abroad for Ph.D. degrees.
（表示目的；for Ph.D. degrees 修飾 studied）
（我的幾個同學為了博士學位而出國留學。）

(f) David cheated in the exam with attempt to pass English course.
（表示時間、目的；in the exam 與 with attempt 共同修飾 cheated）
（大衛試圖（即以企圖心）通過英文課程，在考試時做弊。）

(g) Taking a speedy elevator to the top of the building 101, you can have a full view on Taipei city.（表示方向；to the top 修飾 Taking）
（乘快速電梯往 101 大樓頂端，你能全覽台北市。）

(h) After driving toward south for about 20 minutes, a beautiful scenery will appear in front you.（表示方向、時間；toward south 與 for about 20 minutes 共同修飾 driving。表示位置；in front you 修飾 appear）
（往南開約二十分鐘後，一幅美景將會呈現在你眼前。）

(i) Multiplying 3 by 2 makes 6.（表示方法；by 2 修飾 Multiplying）
（以 2 乘 3 等於 6。）

(j) Due to convenient e-mails, less people now mail letters via air mail.
（表示方法；via air mail 修飾 mail）
（由於 e-mail 的便利，現在較少人以航空寄信。）

上面的例子裡畫單底線的介系詞片語均為副詞，用以修飾各句裡的動詞或分詞。

然而，筆者在前面就提過，副詞能修飾任何一種詞類，因此，下面將舉數個副詞片語
修飾<u>形容詞</u>的例子供讀者參考：

(1) My son will be successful because he is always diligent <u>in study</u>.
（<u>in study</u> 修飾 diligent）
（我的兒子將來會成功，因為他總是勤勉<u>於學習</u>。）

(2) My teacher is very kind <u>in heart</u> and teach us knowledge in books.
（<u>in heart</u> 修飾 kind）
（我的老師<u>內心</u>很善良並且教我們書裡的知識。）

(3) Our reference book is abundant <u>with lots of examples</u>.
（<u>with lots of examples</u> 修飾 abundant）
（我們的參考書富<u>有許多例子</u>。）

(4) The apple tree is full <u>of appples</u>.（<u>of apple</u> 修飾 full）
（這棵蘋果樹結滿了<u>蘋果</u>。）

(5) Little girls always feel happy <u>with owning Barbies</u>.
（<u>with owning Barbies</u> 修飾 happy）
（小女孩總是樂<u>於擁有芭芘娃娃</u>。）

(6) Maria felt sad <u>on losing her pet dog</u>.（<u>on losing her pet dog</u> 修飾 sad）
（瑪莉因為<u>弄丟了她的寵物狗</u>而傷心。）

〔 練習題 3-3 〕

請將下列中文句子譯成英文（各句中畫底線的部分，請以「**介系詞＋名詞**或
介系詞＋名詞＋介系詞＋名詞」的型式來表示。注意：不可改變句子之原來
結構與語氣，並且不可漏譯或只翻譯句子大概的意思）。

① 為了求學，她已經遠離家鄉很久了。

② 拿著雷射筆指向投影片做簡報是很酷的。

③ 待在家看電視是一種浪費時間的行為。

④ 魔術師將兩個顏色不一樣的球丟進了魔術箱裡。

⑤ 獵人拿了支來福槍對隻野狼瞄準（瞄準了隻野狼）。

⑥ 她躺在地板上做瑜珈。

⑦ 父母親經常透過電話和子女們連繫。

⑧ 朋友們見面時一般會相互握手表示友善。

⑨ 說話時帶著溫和的語氣會令人感覺到說話者的誠意。

⑩ 行動緩慢的蝸牛終將往上爬到樹的頂端。

3.2 │ 型式五：不定詞

　　「不定詞」在英文句子結構裡扮演的角色，是舉足輕重的，它的使用度在文句的表達裡非常高，除了在形容詞章節中「型式十」扮演形容詞的角色外，如果在其他場合見到它，則大都是扮演著副詞的角色。既然它是扮演副詞的角色，則這些角色的含意也就不外乎是：目的、原因、理由、結果、條件及讓步等副詞的基本定義了。或許有些讀者會使用它，但卻不清楚它與其他詞類的相關性，這點讀者請放心，筆者將在下面舉些例子說明其扮演各角色的性質，使讀者更進一步地瞭解不定詞的強大功能。

(1) 表示「目的」的不定詞副詞

(a) We went to visit Mary last night.（to visit Mary last night 修飾 went）
（昨晚我們去拜訪瑪莉。）

(b) Jimmy took a bus to Chung-Ching South Road to buy an English reference book.（to buy an English reference book 修飾 took）
（吉米搭公車到重慶南路買英文參考書。）

(2) 表示「結果」的不定詞副詞

(a) I got up so early as to catch the first train.（to catch the first train 修飾 so）
（我起得早以致於趕上了頭班火車。）

(b) Few people live to the age of one hundred years old.
（to the age of one hundred years old 修飾 live）
（很少人能活到一百歲。）

(c) He was unlucky to have his leg broken in a car accident.
（to have his leg broken in a car accident 修飾 unlucky）
（他不幸在一場車禍中斷了腿。）

(3) 表示「原因」的不定詞副詞

(a) I am very glad to meet you.（to meet you 修飾 glad）
（我很高興見到你。）

(b) She was surprised to hear bad news about an earthquake.
（to hear bad news about an earthquake 修飾 surprised）
（她驚訝於聽到了有關地震的壞消息。）

(c) He is so sad to fail in the final examination.
（to fail in the final examination 修飾 sad）
（他很傷心考壞了期末考。）

(4) 表示「條件」的不定詞副詞

(a) To win the lottery, I will buy a house for my family.

（To win the lottery 修飾 will buy）

（如果中了樂透彩，我將為家人買間房子。）

(b) To learn English well, we have to study harder than others.

（To learn English well 修飾 have to）

（若要學好英文，我們必須比別人更加用功。）

(5) 表示「讓步」的不定詞副詞

(a) To do his best, he could not finish the job in two weeks.

（To do his best 修飾 could not finish）

（雖然盡了最大的努力，他仍無法在兩週內完成工作。）

(b) To be pretty kind to Tina, Richard could not get trusted by her.

（To be pretty kind to Tina 修飾 could not get）

（儘管對緹娜再好，理查仍無法得到她的信任。）

(6) 其他情況下的不定詞副詞

(a) English is not easy to learn.（to learn 修飾 easy）

（英文是不容易學的。）

(b) He is sure to come this evening.（to come this evening 修飾 sure）

（今晚他確定來。）

(c) You are too young to fall in love.（to fall in love 修飾 too）

（若要談戀愛，你則太年輕了（亦即：你太年輕了，以致於不能談戀愛）。）

(d) Peter is kind enough to support me in the contest.

（to support me in the contest 修飾 enough）

（彼得為人很良善，在比賽時支持我。）

(e) Not all food delicious <u>**to eat**</u> **is good to our health.**（to eat 修飾 delicious）
（不是所有好<u>吃</u>的食物都有益我們健康。）

上面所舉的每個例子裡，有畫<u>雙底線</u>的部分為<u>不定詞</u>，畫<u>單底線</u>加上<u>畫雙底線</u>的部分為由不定詞所引導出來的<u>不定詞片語</u>。許多書本在解釋文法關係時，大都只以<u>不定詞</u>的部分來說明；然而筆者認為，如此可能會使許多學習者不容易瞭解，因此筆者將有些<u>不定詞</u>後的受詞甚或修飾語以<u>單底線</u>註明，以便構成<u>不定詞片語</u>，如果讀者以整個不定詞片語的觀點來看其扮演的修飾詞角色，相信一定較容易瞭解其與被修飾詞之間的關係。

其實瞭解不定詞的角色後，讀者不難發覺，不定詞的使用是蠻廣的，也不難使用。雖說本書已把不定詞的重要精神闡述出來，但讀者仍得花時間在其他文法書本裡的不定詞章節，以進一步瞭解其他相關的部分，如此才能將不定詞的角色完全加以掌握，從而運用自如。

〔 **練習題 3-4** 〕

請將下列中文句子譯成英文（各句中畫底線的部分，請以「**不定詞**」的型式來表示。注意：不可改變句子之原來結構與語氣，並且不可漏譯或只翻譯句子大概的意思）。

① 暑假時，我常去學校<u>游泳</u>。

② 他很高興在比賽中<u>獲得</u>獎項。

③ 教室裡每個同學都很用功<u>以求</u>能夠通過期末考。

④ 我們班第一名的同學很優秀<u>被選</u>為模範生。

⑤ <u>為了</u>多賺點錢，有些上班族下班後又兼另一份工作。

⑥ 我的老闆確定會<u>出席</u>下午的會議。

⑦ 她很高興在這次演講比賽<u>得了</u>第一名。

⑧ 她把這事情<u>解說</u>得這麼清楚，一定是個老師。

⑨ 很少人是可幸運<u>獲得</u>頭彩的。

⑩ 受賄的官員們有錢到可以<u>買</u>豪宅。

3.3 型式六：副詞子句

　　這種型式的副詞是大家耳熟能詳的，它常出現在複合句裡，也就是說它扮演著<u>從屬子句</u>的角色，配合<u>主要子句</u>以構成一完整的句子。當然了，這兩個句子是要以一「連接詞」來牽成，如此才合乎文法的要求。這些連接詞也都是讀者非常熟悉的，可能讀者會運用但不大瞭解其在文法上的真正意義。其實，<u>這些連接詞本身就兼具副詞的功能，它引導了一個子句，而使整個子句扮演副詞的角色，以修飾主要子句的動詞（因該主要子句的主要動詞之行為或狀態之發生，是取決於副詞子句之條件成立的情況下）</u>。請看下面的例子（注意：句子中有畫雙底線的部分為連接詞，而畫<u>雙底線</u>的部分加上畫<u>單底線</u>的部分整個形成為一<u>副詞子句</u>）：

(1) 表示「時間」的副詞子句

(a) <u>When the night comes</u>, **darkness always brings to human beings the feeling of fright.**（<u>When the night comes</u> 修飾主要子句的 **brings**）
（<u>當夜晚來臨的時候</u>，黑暗總是給人類帶來了可怕的感覺。）

(b) <u>While we were driving on the country road</u>, we were satisfied with enjoying the beautiful scenery along it.

（<u>While we were driving on the country road</u> 修飾主要子句的 were satisfied）

（<u>當我們在鄉村的路上開著車時</u>，我們滿足於享受沿途美麗的風景。）

(c) Everone should brush his teeth <u>after he gets up</u>.

（<u>after he gets up</u> 修飾主要子句的 should brush）

（<u>在起床後</u>，每個人應該刷牙。）

(d) We were having dinner <u>as the earthquake came</u>.

（<u>as the earthquake came</u> 修飾主要子句的 were having）

（<u>當地震來時</u>，我們正在用餐。）

(2) 表示「目的」的副詞子句

(a) My colleague works very hard <u>that he may make more money to support his family</u>.（<u>that he may make more money to support his family</u> 修飾主要子句的 works）

（<u>為了要賺更多錢維持家計</u>，我的同事工作得很努力。）

(b) I went to the station early <u>lest I should miss the train</u>.（<u>lest I should miss the train</u> 修飾主要子句的 went）

（我早到車站，<u>以免誤了火車</u>。）

(3) 表示「原因」或「理由」的副詞子句

(a) The car accident happened <u>because the driver did not drive with care</u>.

（<u>because the driver did not drive with care</u> 修飾主要子句的 happened）

（<u>因為駕駛人沒有小心駕駛</u>，交通事故就發生了。）

(b) <u>As the tornado came violently</u>, many houses were destroyed.

（<u>As the tornado came violently</u> 修飾主要子句的 were destroyed）

（<u>因為龍捲風來得猛烈</u>，許多房屋被摧毀了。）

(c) Since we all feel hungry, we should find a restaurant to fix our lunch.

（Since we all feel hungry 修飾主要子句的 should find）

（因為我們都覺得餓了，我們應該找家餐廳解決午餐。）

(4) 表示「結果」的副詞子句

(a) Volunteers in hospitals are so kind that lots of patients like to ask help from them.（that lots of patients like to ask help from them 修飾主要子句的 are）

（醫院裡的志工很友善，以致許多病人喜歡求助於他們。）

(b) Jeremy Lin is diligent and humble that many young people regard him as an example.（that many young people regard him as an example 修飾主要子句的 is）

（林書豪勤奮且謙遜，以致於很多年輕人把他當做一個榜樣。）

(5) 表示「條件」的副詞子句

(a) If weather permits, the schedule for our trip to Europe will not be postponed.（If weather permits 修飾主要子句的 will not be postponed）

（若天氣情況許可，我們去歐洲旅行的計畫將不會延期。）

(b) The touring bus will not start unless all the tourists get on it.

（unless all the tourists get on it 修飾主要子句的 will not start）

（除非所有的遊客上車，否則遊覽車不會開動。）

(6) 表示「讓步」的副詞子句

(a) Though she looks a little ugly, she is kind to others.

（Though she looks a little ugly 修飾主要子句的 is）

（雖然她看起來有點醜，但她對人很友善。）

(b) You could not obtain the love from her even if she were your mother.

（even if she were your mother 修飾主要子句的 could not obtain）

（即使她是你的母親，你亦無法獲得她的愛。）

(7) 表示「比較」的副詞子句

(a) The book you bought is as cheaper as what I bought.
（as what I bought 修飾主要 子句的 cheaper 前的 as）
（你買的書與我買的書一樣便宜。）

(b) I have more money than you.（than you 修飾主要子句的 more）
（我有比你還多的錢。）

(8) 表示「地方」的副詞子句

(a) Where you find plants in a desert, you will find water.
（Where you find plants in a desert 修飾主要子句的 will find）
（你在沙漠裡找到植物的地方就會找到水。）

(b) Wherever you go during a trip, never forget to take pictures on what you see
is special.（Wherever you go during a trip 修飾主要子句的 never forget）
（旅行時無論你去哪裡，永遠不要忘記把你看到的特殊東西拍些照片。）

(9) 表示「狀態」的副詞子句

(a) Do that job well as he told you.（as he told you 修飾主要子句的 Do）
（照他說的去把工作做好。）

上面這些例子你是否很熟悉呢？這些都是平常我們會使用的典型例子，提供給讀者參考。沒什麼特別的句型，主要還是讀者必須瞭解這些從屬子句是具有副詞功用的，以及其所修飾的對象為何，如此讀者便能掌握句子的結構脈動，翻譯起來才會通順，而不是「好像知道意思，但就是無法以中文翻譯出來」；若果真如此，那就是讀者的基本文法概念尚未弄通或不熟練哦！

〔 練習題 3-5 〕

請將下列中文句子譯成英文（各句中畫底線的部分，請以「副詞子句」的型式來表示。注意：不可改變句子之原來結構與語氣，並且不可漏譯或只翻譯句子大概的意思）。

① 如果你有認真研讀此書，相信你現在的英文程度一定頂呱呱的。

② 既然你的英文不錯，有機會的話，你可得教教別人哦。

③ 當別人有問題時，你應有耐心地指導而不要不耐煩。

④ 在別人領悟了你教導的要領後，他一定會感激於你的付出的。

⑤ 雖然你不是老師，但那種成就感會激發你欲一再為社會貢獻的正向力。

⑥ 此時，因為你無私地奉獻你自己，所以你將會感受到人們常說的，「施比受有福」這句話的真正意義。

⑦ 我很高興你能加入英文教學的行列以致於學生能有機會將英文學得更好。

⑧ 今後，不論你身處何處，請你將你以前學懂英文的要領提供給想學好英文但卻苦無方法者。

⑨ 我相信任何一位受你啟蒙者將來不論他們離你多遠也會永遠惦記著你並且依你的精神發揚之。

⑩ 這不就驗證了這句智慧之語「種善因的地方，會結善果」嗎？

4. 再論副詞

筆者曾在「翻譯的技巧」章節裡提及「修飾詞」要先翻譯，其次才翻譯「被修飾詞」。當修飾詞是「形容詞」時，中文與英文的句子翻譯起來都很順暢，但是若修飾詞是「副詞」時，情況卻不盡然順利，甚至對一般學習者而言，會有些格格不入，一時無法接受的感覺。這主要原因在於中、英文兩種語言表達上的差異，因此，讀者只要將此差異分清楚，便能解決這種問題。

請看下面例句：

✱（一）

    (a) 她歌唱得很高興。

    (b) 她唱歌唱得很高興。

    (c) 她很高興地唱著歌。

    (d) （對唱歌而言，）她唱得很高興。

✱（二）

    (a) 她舞跳得很美。

    (b) 她跳舞跳得很美。

    (c) 她很美地跳著舞。

    (d) （對跳舞而言，）她跳得很美。

* (三)

(a) 她字寫得很好。

(b) 她寫字寫得很好。

(c) 她很好地寫著字。

(d) （對寫字而言，）她寫得很好。

上面的三個例子裡各有四個句子。一般而言，各例句的 (a) 是我們最自然也最常表達的方式，其次是例句 (b)。至於例子一的句子 (c)，文意似乎還蠻通順的；然而，例子二的句子 (c) 卻顯得不怎麼通順，似乎有點像外國人在寫中文一般。例子三的句子 (c) 則會令我們不知其所云，因我們不知道「很好地」是在修飾「她」或「寫著字」。上面各例子裡的句子 (d)，則是更清楚地將句子 (a) 及 (b) 所意涵的「唱歌」、「跳舞」與「寫字」等字眼抽離出來，以另外一種方法表示罷了。其實，各例句 (d) 中括弧內的字眼刪除後，句意依然不變呢！這就是中文奧妙之處，但這也正是國人學習英文的罩門。因此，對上面三個例句 (a)、(b) 與 (d) 而言，基本上意思是一樣的，但是它們的句子 (c) 的表達方式卻是我們不會採用的，因為其語意不清楚，看似不具任何意義。

上面三個例子裡的各句子若以英文來表達，卻是非常地簡單，且讓我們將其相對的英文句子列示於下，供讀者參考：

* (四)

(a) She sings merrily.

(b) She sings merrily.

(c) She sings merrily.

(d) For singing, she sings merrily.

✱（五）

(a) She dances beautifully.

(b) She dances beautifully.

(c) She dances beautifully.

(d) For dancing, she dances beautifully.

✱（六）

(a) She writes well.

(b) She writes well.

(c) She writes well.

(d) For writing, she writes well.

由上面例子一至三與四至六之中、英文相對應的句子可看出，如果以筆者在「翻譯的技巧」章節裡所提的要領（先翻譯「修飾詞」，其次才翻譯「被修飾詞」）來翻譯的話，上面例子四至六裡的句子 (c)，似乎較符合要領所翻譯出來的結果（亦即相對於例子一至三裡的句子 (c)）。但是剛才才提到，我們發現這樣子翻譯出來的中文是不通順的，如此是否會造成學習者不知所從的困擾呢？請讀者放心，筆者剛才會以上面這些日常生活中經常會用到的例子來舉例，就是要突顯中文與英文在這種表達方式上的不同，讓讀者在認清之後，能正確掌握中、英文在副詞的表達上該注意的地方。

有許多學習者對上面我們習慣表達的三個中文例子（一至三）裡的句子 (a) 與 (b) 進行解析時，總認為：「她唱歌時會顯得她本人很高興」、「她跳舞時會顯得她本人很美」及「她寫字時……@#$%?（哇！讀者該不會說「她寫字時顯得她本人很好」吧？）」，因而會以「形容詞」（merry、beautiful 及 good）當做主詞「她」的補語。

以英文結構的觀點來看，這是不正確的。因為「很高興」、「很美」及「很好」是指「唱歌的神情」、「跳舞的神情」及「寫字的神情」而言，並非指「行為者」（主詞）本人。這也說明，行為者的心情是無從知曉的（也就是，行為者或許在唱歌時心情不見得是快樂的；行為者或許原來長得就不美，所以跳舞時也不會變美；行為者或許原來就不怎麼好，所以寫字時也不見得會變好）。說到此，讀者可回憶一下筆者先前數次希望各位讀者能有所瞭解的：英文是一設計得非常嚴謹的語文，它不同於語意經常不詳的中文。這也就是為何我們常在電視上看到有些法律條文訂定的語意可多方解釋，而導致必須申請大法官釋憲的情事。說真的，身為會說中文的人還是值得慶幸的，因為外國人學習中文還是比我們學習英文要難得許多。

中文有個特性，就是：中文的描述好似怎麼寫就怎麼通；但是，英文則不然。再舉些例子：

＊ i.

(a) 把狗抱得緊緊的。

(b) 把狗緊緊地抱著。

＊ ii.

(a) 把吊環抓得牢牢的。

(b) 把吊環牢牢地抓住。

＊ iii.

(a) 把機會抓得穩穩的。

(b) 把機會穩穩地抓住。

＊ iv.

    (a) 他站得<u>穩穩的</u>。

    (b) 他<u>穩穩地</u>站著。

＊ v.

    (a) 憲兵站著<u>不動</u>。

    (b) 憲兵<u>不動地</u>站著。

　　上面五個例子裡各有兩個句子，以中文而言，其意思是相同的，但是以英文的角度來看，是值得探討的。上面例 **i.** 裡的句子 **(a)** 與 **(b)** 中，「緊緊的」是修飾主詞「狗」還是動詞「抱」呢？若是修飾「狗」，則「緊緊的」應該是<u>形容詞</u>，表示主詞的<u>樣子</u>；若是修飾「抱」，則「緊緊的」應該是<u>副詞</u>，表示動詞的<u>方法</u>。但是「狗」沒有所謂的「緊」與「不緊」，只有「抱」的方式是以「緊緊」的方式為之。所以例 **i.** 中的兩個句子，意思是一樣的，在我們來看只是措詞上的不同而已；然而，該兩句中文相對的英文卻只有一句表示法而已，即：**hold the dog tightly**，其中 **tightly** 為副詞，用以修飾動詞 **hold**。這種情形也見於上面的例子 **ii.** 與例子 **iii.**。例 **ii.** 與例 **iii.** 裡的英文句子，分別為：**grasp tightly** 與 **hold firm**。至於例子 **iv.** 與 **v.** 裡的英文句子，則分別為：**stand firm** 與 **stand still**；這裡的 **firm** 與 **still** 在此所扮演的角色，前者為<u>副詞</u>，後者為<u>形容詞</u>，**still** 是用來當做主詞「憲兵」的補語。讀者可能會疑惑，為何 **still** 不是用來修飾動詞 **stand** 呢？其主要的理由是，取主詞「站立的<u>樣子</u>」（因為人的身體可保持「靜止不動」或「晃來晃去」等各種樣子），而不是指「站立的<u>方法</u>」。至於 <u>stand firmly</u> 這句話是成立的，它被引申用來表示「<u>堅決</u>」的抽象意思。

　　類似上面所舉的例子，真的不勝枚舉，幾乎在我們日常生活中隨時都得用到，如：「把肉煮得爛爛的」、「把土挖得鬆鬆的」及「把身體練得壯壯的」。這幾句裡的「爛爛的」、「鬆鬆的」及「壯壯的」均為<u>形容詞</u>，讀者應不會搞錯吧！後面這幾句就由讀者來分辨看看囉：「把他吃得死死的」、「把珠子縫得密密的」、「把他罵得慘慘的」、「把他揍得扁扁的」、「把他對待得冷冷的」、「把他恨得癢癢的」、「把他摔得重

重的」。

　　由上面一些例子的分析，讀者更能進一步瞭解到：中文是要體會出整句的意思，而英文則是得死板地將句子中各字詞間的關係找出來才能清楚其表達的意思。

　　我們在「形容詞」章節中，將形容詞可能出現的型態做了歸納及解析，同樣地，「副詞」亦概略分類如前述。但是否經過簡單的分類，就能令讀者全盤瞭解副詞的使用呢？筆者認為那是不足夠的，因本書旨在為學習者建立起學習英文時的正確基本觀念，以使學習者能有信心地更進一步去學習，而不像以往彷彿置身在茫茫大海，一直摸不著方向，以致於永遠無法靠岸。筆者在此一再中肯地敬告讀者：請讀者一定要再參考其他英文文法書籍，尤其是關於副詞在句中置放的位置會依副詞性質的不同而不同。

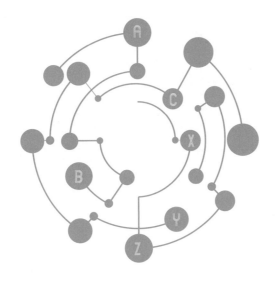

結語

　　要學好一種外國語文真的很不容易，尤其是在無語感的環境裡。然而，那也是沒辦法的，大多數人還是得發揮想像力地努力去學習，否則如何學會呢？補習班主任一定會在學生家長面前保證，說除了英文及國文外，如果學生肯認真學習，保證隔年重考的其他科目可達九十分以上。這句話乃在說明語文的習得必須靠日積月累的功夫，非一朝一日可幾。因此，筆者勉勵各位讀者多花時間並用心學習，多多思考並動手練習，日久必能將英文內化成你的資產。請相信我並記得：你的英文程度若比周遭的人來得好，你絕對會有壓倒性的優勢取得機會的。

　　為了讓讀者快些取得本書來學習，筆者先以當前完稿的內容發行，如果本書能激起大多數讀者的回響，則筆者將會在往後增訂介系詞、連接詞及其他讀者較無法善用的必需要領，如：the、as、but、than 的角色；can、could、may、might、shall、should、will、would、 must 的使用時機；假設法的使用時機；標點符號的使用；寫作的要領等，這些要領內容必將令讀者更能掌握相關英文的正確使用（讀者可別小看這些拼字簡短的字眼，想要運用得宜，可還真不容易呢，得累積多年的功力哦！）。

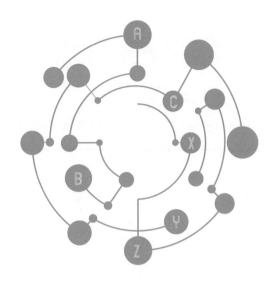

練習題解答

參考解答說明

　　語言是一個活的工具；一種意思的表達可有多種方式。英文是一文句結構嚴謹的語言，但是為求活潑生動，除標準的五大句型外，也演變出多樣的句子結構，由文句結構便可看出書寫者當時的心情與口氣。因此，筆者在此聲明，下列解答只供參考，並非唯一的解答。此外，本書各練習題是配合各自章節而設計，所以均有其考驗學習者的目的，也因此解答的型式會侷限在該範圍內。另外，讀者一直依本書的解說按部就班地學習，為免讓讀者產生困惑與信心受挫，因此本書練習題的解答之內涵將不以修辭為考量，而是以中英對照的方式呈現，以利讀者核對。筆者建議，待他日讀者基礎穩固後，才將修辭的因素列入文句書寫之中，以提升寫作的可讀性。

〔 練習題 1-1 〕

❶ 請將下列句子裡的**主要主詞**、**主要動詞**、**主要受詞**、**主要主詞補語**、**主要受詞補語**、**或間接受詞與直接受詞**以底線標示出來並註明之（子句的部分則用中括弧框起來，並依句子的特性分析之）。

① [我們夢想的]　事　不一定　能　完美　實現。
　　　　　　　　　a　　　S　　adv　aux　adv　　V
[我們　夢想　的]←（形容詞子句）
　　S　　V

② 努力用功的　結果　證實了　[一分耕耘一分收穫的]　道理。
　　　　a　　　S　　　V　　　　　　OC　　　　　　　　O
努力　用功　的 ←（介系詞片語）
adv　　V

[一分耕耘　會獲得　一分收穫　的]←（名詞子句）
　　S　　　　V　　　　O

③ 慈善團體的　熱情的　演出　帶給了　孤兒們　無比的　快樂。
　　　a　　　　a　　　S　　V　　　O₂　　a　　　O₁

④ 人們　說：[生命　是　短暫的]。你　同意　嗎？←（兩個句子）
　　S　　V　　S　　V　　　SC　　　S　　V　　S　V

[生命　是　短暫的]←（名詞子句）
　　S　　V　　SC

⑤ 頂著太陽，背著重物，走了十公里到了小鎮，他　終於　是　累的　壞子。
　　　adv　　　adv　　　　adv　　　　　S　adv　V　a　　adv
[頂著　太陽]←（現在分詞片語；註：pp 表示現在分詞）
　pp　　O
[背著　重物]←（現在分詞片語）
　pp　　O
[走了　十公里　到了小鎮]←（現在分詞片語）
　pp　　adv　　　adv

⑥ 同學們 要 相 親 相 愛。
　　S　　aux adv V adv V

⑦ 這 是 [我要你做的] 事 而 不 是 [他要你做的] 事。
　 S V a　　　 SC c adv V a　　　 SC
　[我 要 你 做 的] ←（形容詞子句）
　 S V O OC
　[他 要 你 做 的] ←（形容詞子句）
　 S V O OC

⑧ 靠窗站著 一位 英俊的 男生 叫做 John，
　　a　　　 a　 a　 S　 V　 SC
　他 是 我的 小學的 同學。
　 S V a　 a　 SC
　靠窗 站著 ←（現在分詞片語）
　 adv　pp

⑨ 有 消息 報導 [一少年偷了一輛價值千萬的轎車到街上兜風]。
　 V　S　　　　　　　 SC
　報導 [一少年偷了一輛價值千萬的轎車到街上兜風] ←（現在分詞片語）
　 pp　　　　　 O
　[一 少年 偷了 一輛 價值千萬的 轎車 到街上 兜風] ←（名詞子句）
　 a S　 V　 a　 a　　 O　 adv　adv

⑩ [我花了九牛二虎之力做的] 答案 竟然 還 是 錯誤 百出。
　　　　　　　 a　　　 S adv　 V SC a
　[我 花了九牛二虎之力 做 的] ←（名詞子句）
　 S　　 adv　　　 V
　[花了 九牛二虎之 力]
　 p　　 a　　 n

❷ 請將上列句子裡的形容詞與副詞以底線標示出來並註明（子句的部分則用
中括弧框起來並依句子的特性分析之），並試著說明其修飾的對象。

註：句子裡的形容詞與副詞已以底線標示出來並註明，如上述的解答。為了讓讀者更了解
解答裡中文句子的解析，底下將把中文句子翻譯成英文句子供讀者參考。至於句中的形容
詞與副詞修飾的對象，在英文句中已呈現得非常明顯，為節省篇幅，將不在此贅述。

① The things we are dreaming of are not always perfectly realized.

② The result of studying hard proves that no pain makes no gain.

③ The passionate performance by the charity brought orphans endless happiness.

④ People say, "Life is short." Do you agree to that?

⑤ Against the sun, carrying heavy objects, and walking ten miles to the town, he was finally tired.

⑥ Students should love each other.

⑦ This is the thing I want you to do and not the thing he wants you to do.

⑧ A handsome boy standing by the window is called John; he was my schoolmate in elementary school.

⑨ There is news reporting that a teenager stole a car worth tens of millions of dollars to drive around in the street for fun.

⑩ The answers I made with tremendous effort were still full of mistakes unexpectedly.

〔 練習題 2-1 〕

請以「形容詞＋名詞」的型式將下列中文詞譯成英文。

① A handsome boy

② Delicious dishes

③ A considerate exhortation

④ An important document

⑤ A wonderful speech

⑥ Sincere conversation

⑦ Extensive exchange

⑧ A beloved teacher

⑨ Successful experience

⑩ Perfect ending

請以「名詞或形容詞＋名詞」的型式將下列中文詞譯成英文。

① Education policy、Educational innovation、Educational mission、Educational spirit、Education college、Educational facilities、Education system、Education software、Education resources、Education building.

② Pain index、Painful delivery、Painful groan、Pain edge、Painful moment、Painful decision、Painful torture、Pain measurement.

③ Spirit leader、Spirit index、Spiritual support、Spiritual food、Spirit slogan、Spiritual relaxation.

請以「名詞＋介系詞＋名詞」的型式將下列中文詞譯成英文。

① The cat under the table
② The cherries on the cake
③ The knife and the fork beside the dish
④ The fish from the sea
⑤ The behavior against the law
⑥ The heavy burden on the shoulder
⑦ The sofa in the living room
⑧ The file for presentation
⑨ The screen for the computer
⑩ The gold by the gram

〔 練習題 2-4 〕

請以「二個形容詞修飾一個名詞」的型式將下列中文詞譯成英文。

① The input method of Chinese
② The daily report for accounting
③ The natural law of supply and demand
④ The grammar book for English
⑤ The Chinese history of culture
⑥ The walking trail around the mountain
⑦ The electronic products of Taiwan
⑧ The good son of parents
⑨ The people's right of voting
⑩ The warm embrace of the earth
⑪ The color monitor of the computer

〔 練習題 2-5 〕

請以「形容詞＋名詞＋ of ＋形容詞＋名詞」的型式將下列中文詞譯成英文。

① The active promotion of educational concept
② Implementation details of traffic laws
③ The beautiful pictures on the monthly calendar
④ The classical architecture of the history museum
⑤ The great invention of Chinese characters
⑥ The interesting secret in the magic box
⑦ The free toilet of the convenience store
⑧ The dangerous bridge over the torrential river
⑨ The practical value of economic policies
⑩ The maintenance manual for rough skin
⑪ The fine necklace around her neck

〔 練習題 2-6 〕

請依下列<u>片語介系詞</u>（視為形容詞）造句並翻譯之。

① The student encountering a car accident explained the reason <u>on account of</u> coming late.

（遭逢車禍的學生解釋了<u>因為</u>遲到的理由。）

② Films <u>in the shape of</u> our real life are always presented to us to feel and think the real meaning of life.

（以我們真實生活<u>型式</u>拍成的影片始終呈現給我們去感受並思考生活的真正意義。）

③ Scientists <u>in search of</u> truth are always respected.

（<u>追求</u>真理的科學家總是受到尊敬。）

④ The customer has to pay USD 700 dollars <u>in accordance with</u> the price on the list for an iPhone.

（顧客須<u>依</u>價目表上的 700 元美金支付以購得一支 iPhone。）

⑤ Drinking plain water <u>in contrast to</u> drinking beverages will make us healthier.

（<u>與</u>喝飲料<u>相較</u>，喝一般的水會使我們更健康。）

⑥ The steps <u>with regard to</u> experiments must be seriously taken in order to prevent from accidents.

（為了防止意外，<u>與</u>實驗<u>有關</u>的步驟必須謹慎施行。）

⑦ Most fishers <u>at the risk of</u> their lives catch fish in the sea.

（許多<u>冒著</u>生命<u>危險</u>的魚夫在海上捕魚。）

⑧ The speedy car <u>on the edge of</u> exceeding the speed limit was intercepted by the traffic police.

（<u>即將</u>超速的高速車子被交通警察攔下。）

⑨ The dragon ball <u>on the top of</u> the pagoda emitted stunning laser light.

（<u>在</u>寶塔<u>頂端</u>的龍球發射出令人驚艷的雷射光。）

⑩ The beggar thanked the giver <u>from the bottom</u> of his heart.

（該乞丐由衷地（<u>由</u>心的<u>深處</u>）感謝施與者。）

⑪ The agenda <u>for the purpose of</u> holding a smooth meeting has been prepared well.

（<u>為</u>開一順利會議的議程已準備好了。）

⑫ The girl <u>in spite of</u> her parents' advice did what she insisted in about making friends.

（<u>不顧</u>父母勸告的女孩在交友方面依她堅持的方式行之。）

⑬ Police <u>in conjunction with</u> people attack the crime.

（警民<u>一起</u>打擊犯罪。）

⑭ The bank <u>at the stake of</u> bankrupt was finally taken over by the government.

（<u>瀕臨</u>破產的銀行終被政府接收了。）

⑮ Any side <u>in breach of</u> the contract will be imposed a penalty of 20% of the amount recorded in the contract.

（<u>違約</u>的任何一方得受罰記載於合約上金額的百分之二十。）

〔 練習題 2-7 〕

請以「名詞＋形容詞子句（不可省略關係代名詞）」的型式，將下列中文句子譯成英文（注意：不可改變句子之原來結構與語氣，並且不可漏譯或只翻譯句子大概的意思）。

① The police interrogated the driver <u>who made trouble</u>.

② Trains <u>which came late</u> always made people complain.

③ The purpose <u>which we study for</u> is to learn skills.

④ Master Sheng-Yen said, "<u>What we need</u> is not much, but <u>what we want</u> is very much."

⑤ <u>What she does not like to eat</u> is what I do not like to eat.

⑥ The child <u>who was painting on the paper</u> was the orphan <u>who came from the orphanage near here</u>.

⑦ The dessert after meal was the cheese cake and the coffee <u>which my mother prepared for me</u>.

⑧ Some of philanthropists were those who intended to crime.

⑨ Please pass me the English-Chinese dictionary which is in the bookshelf beside the desk.

⑩ That opportunity is always reserved for the one who is well prepared is a piece of pertinent saying.

⑪ The suggestions which part of our basketball team issued could not meet the expectation of the coach.

⑫ The questions which the teacher who taught us English made were very easy to answer.

或 The questions which were made by the teacher who taught us English were very easy to answer.

⑬ The cakes which are baked are more delicious than those which are steamed.

⑭ The one whom I am worried about is you who love to cry.

⑮ What surprised me is that unexpectedly you got 100 points at English final exam this time.

⑯ What attracted the public to pay attention is her beautiful appearance.

⑰ The love which our parents paid for us is what we cannot return in our life.

⑱ The footprints which were left on the beach and accompanied with the sunset evoked my beautiful memory in the past.

⑲ The answers which I made with tremendous effort were unexpectedly full of mistakes.

⑳ A chair whose shape is round is called a stool.

〔 練習題 2-8 〕

請以「what」為關係代名詞或關係形容詞,將下列中文句子譯成英文(注意: 不可改變句子之原來結構與語氣,並且不可漏譯或只翻譯句子大概的意思)。

① What can be taken a look at cannot always be eaten.

② Do not believe too much what are circulated in the Internet.

③ We have to be satisfied with what we have owned currently.

④ Students should review everyday what their teachers taught in classes.

⑤ We should reject what might hurt us.

⑥ What you did to her might hurt her.

⑦ I did not like what food he chose.

⑧ What sentences he wrote had lots of mistakes.

⑨ I did not know what balls in the box.

⑩ What good people do will be rewarded.

〔 練習題 2-9 〕

請運用關係副詞將下列中文句子譯成英文（注意：不可改變句子之原來結構與語氣，並且不可漏譯或只翻譯句子大概的意思）。

① The restaurant where she is to go is the one where I often go.

② She does not know the reason why I did so.

③ No one told me the time when the meeting would start.

④ The teacher explained to children how the earth moves round the sun.

⑤ The park where children play is called New Park.

⑥ Many people are curious about the reason why that criminal committed murder.

⑦ The broadcast said that the time when the airplane took off would be delayed till 10:00pm.

⑧ Most people who use cell phones do not know how cell phones are made.

〔 練習題 2-10 〕

請將你寫好的<u>練習題 2-9（如下所列）</u>之英文句子為基礎，試著：(A) 省略句中的<u>先行詞</u>，重寫該英文句子；(B) 省略句中的<u>關係副詞</u>，重寫該英文句子（注意：不可改變句子之原來結構與語氣，並且不可漏譯或只翻譯句子大概的意思）。

(A) 省略<u>先行詞</u>時

① Where she is to go is where I often go.
② She does not know why I did so.
③ No one told me when the meeting would start.
④ The teacher explained to children how the earth moves round the sun.
⑤ Where children play is called New Park.
⑥ Many people are curious about why that criminal committed murder.
⑦ The broadcast said that when the airplane took off would be delayed till 10:00 pm.
⑧ Most people who use cell phones do not know how cell phones are made.

(B) 省略<u>關係副詞</u>時（下面句子裡畫底線的介系詞不該省略）

① The restaurant she is to go <u>to</u> is the one I often go <u>to</u>.
② She does not know the reason I did so <u>for</u>.
③ No one told me the time the meeting would start <u>at</u>.
④ The teacher explained to children how the earth moves round the sun.
⑤ The park children play <u>in</u> is called New Park.
⑥ Many people are curious about the reason that criminal committed murder <u>for</u>.
⑦ The broadcast said that the time the airplane took off <u>at</u> would be delayed till 10:00pm.
⑧ Most people who use cell phones do not know how cell phones are made.

〔 練習題 2-11 〕

請區別出下列英文句子裡的「that」是關係代名詞、關係副詞或單純的連接詞。

① From now on, I will get rid of my bad habit that I did not pay attention to class.

（that 為單純的連接詞。）

② We always solve identical equations by theorems that we have proved.

（that 為關係代名詞。）

③ We must treasure all the world's resources that will make us civilized.

（that 為關係代名詞。）

④ We went to a movie on Sunday afternoon that we met Janet.

（that 為關係副詞。）

〔 練習題 2-12 〕

請依照前述「限定用法」與「補述用法」所闡述的精神，各寫出三個句子。

(A) 限定用法

① I want to buy an apple which is very sweet.

② The teacher who teaches English in our school is called Mr. White.

③ Please give me some instructions which may help me solve problems.

(B) 補述用法

① I want to buy the apple, which is very sweet.

② Mr. White, who is a great poet, teaches in our school.

③ Please take these instructions, which may help you solve problems.

〔 練習題 2-13 〕

若你不想在書寫文句時如前述的兩個例句造成閱讀者的困擾，請你將前述的兩個例句以較精簡的方式予以改寫。

① The apple which mom bought and was put on the table is sweet.
② The stuffing which Tina prepared and was wrapped in the pastry tastes a little salty.

〔 練習題 2-14 〕

請以「現在分詞＋名詞／動名詞＋名詞／過去分詞＋名詞」的型式將下列中文詞譯成英文。

① Speaking art
② Eating etiquette
③ Reading habits
④ Driving skills
⑤ Packing machines
⑥ Mountaineering teams
⑦ Drinking machines
⑧ Moving company
⑨ Walking style
⑩ Bending angle
⑪ Cutting boards
⑫ Walking dictionaries
⑬ Living rooms
⑭ The losing side
⑮ Idled documents
⑯ Armed troops

⑰ Passed bills

⑱ Fried steaks

⑲ Scrambled eggs

⑳ Pickled cucumbers

㉑ Sliced watermelons

㉒ Dried mushrooms

㉓ Touched audiences

㉔ Missed opportunities

㉕ A broken heart

㉖ Infected part

㉗ Cooked ducks

㉘ Satisfied joy

㉙ A dancing queen

㉚ A lost child

㉛ Visiting scholars

㉜ A barking dog

㉝ Jumping frogs

㉞ Flying swallows

㉟ Teaching teachers

㊱ Exploring climbers

㊲ Waiting passengers

㊳ A dreaming girl

㊴ A cleaning maid

㊵ Repeating students

〔 練習題 2-15 〕

請將練習題 2-7（如下所列）各句譯成之英文裡的關係代名詞省略，並做適當的文法調整（注意：不可改變句子之原來結構與語氣，並且不可漏譯或只翻譯句子大概的意思。同時，有些關係代名詞是無法省略的！）。

① The police interrogated the driver making trouble.

② Trains coming late always made people complain.

③ The purpose we study for is to learn skills.

④ Master Sheng-Yen said, "What we need is not much, but what we want is very much."

⑤ What she does not like to eat is what I do not like to eat.

⑥ The child painting on the paper was the orphan coming from the orphanage near here.

⑦ The dessert after meal was the cheese cake and the coffee my mother prepared for me.

⑧ Some of philanthropists were those intending to crime.

⑨ Please pass me the English-Chinese dictionary being in the bookshelf beside the desk.

⑩ That opportunity is always reserved for the one being well prepared is a piece of pertinent saying.

⑪ The suggestions part of our basketball team issued could not meet the expectation of the coach.

⑫ The questions the teacher teaching us English made were very easy to answer.

或 The questions made by the teacher teaching us English were very easy to answer.

⑬ The cakes baked are more delicious than those steamed.

⑭ The one I am worried about is you loving to cry.

⑮ What surprised me is that unexpectedly you got 100 points at English final exam this time.

⑯ What attracted the public to pay attention is her beautiful appearance.

⑰ The love our parents paid for us is what we cannot return in our life.

⑱ The footprints left on the beach and accompanying the sunset evoked my beautiful memory in the past.

⑲ The answers I made with tremendous effort were unexpectedly full of mistakes.

⑳ A chair whose shape is round is called a stool.

〔 練習題 2-16 〕

請利用**不定詞**（「不定詞」裡的動詞是**及物動詞**時）當形容詞，將下面的中文句子翻譯為英文句子（注意：不可改變句子之原來結構與語氣，並且不可漏譯或只翻譯句子大概的意思）。

① In summer vacation, the homework for junior high students to do is not more than that for senior high students.

② People getting lost when mountaineering and having nothing to eat may starve to die.

③ He is not the one to help friends in need.

④ Mary is not the girl to do such a thing.

⑤ Jack is so lucky to join the English speech contest.

⑥ Our teacher will always take understandable examples for us to learn.

〔 練習題 2-17 〕

請利用**不定詞**（「不定詞」裡的動詞是**不及物動詞**時）當形容詞，將下面的中文句子翻譯為英文句子（注意：不可改變句子之原來結構與語氣，並且不可漏譯或只翻譯句子大概的意思）。

① The headhunter company 104 provides lots of jobs for us to apply for.

② The staff going to quit the job has some tasks to hand over.

③ In the way to success there is a lot of dilemma to break through.

④ The first hurdle to jump over is to overcome the barrier in mind.

⑤ Roommates to get along with came from different countries.

⑥ Smart cell phones have functions to get into the Internet.

⑦ Our teacher gave me a composition topic to talk over with classmates.

〔 練習題 2-18 〕

請利用**不定詞**（如本小節所舉的「不定詞」例子）當形容詞，將下面的中文句子翻譯為英文句子（注意：不可改變句子之原來結構與語氣，並且不可漏譯或只翻譯句子大概的意思）。

① Please pass me a cup to make coffee with.

② I want to borrow from John an English-Chinese dictionary to check up forwords with.

③ People treated unequally have the reason to take part in the demonstration for.

④ I have not enough money to buy a cup of milk tea with.

⑤ Tickets to attend the concert with are not for sale but for free.

〔 練習題 2-19 〕

請以「名詞＋形容詞＋不定詞」的型式，將下列中文句子譯成英文（注意：不可改變句子之原來結構與語氣，並且不可漏譯或只翻譯句子大概的意思）。

① Policies efficient to improve people's living are worth being promoted.

② In New Year's Eve the building 101's fireworks worthwhile to take a look at has created a lot of commercial opportunities.

③ Embarrassments hard to speak out were usually buried in our heart.

④ Volunteers of Tzu-Chi all have a warm heart willing to pay.

⑤ What suitable to fry is not suitable to steam.

⑥ People who are easy to accept the advice from others are those who are easy to communicate with.

〔 練習題 2-20 〕

請以「名詞＋形容詞＋介系詞＋名詞」的型式，將下列中文句子譯成英文（注意：不可改變句子之原來結構與語氣，並且不可漏譯或只翻譯句子大概的意思）。

① The one capable of charging a company is called a general manager.
② A teacher diligent in teaching is always loved by students.
③ The learning short of practicing is ineffective.
④ The company Apple likes to recruit engineers creative in product design.
⑤ Taiwan contrast to North Korea is a democratic country.

〔 練習題 2-21 〕

請以「形容詞＋「-」＋名詞＋ ed ＋名詞」的型式，將下列中文句子譯成英文（注意：不可改變句子之原來結構與語氣，並且不可漏譯或只翻譯句子大概的意思）。

① A two-eared cup is stable to hold.
② Easy-functioned cell phones are suitable for the elder to use.
③ A rainbow looks like a beautiful-colored painting in the sky.
④ A good-natured person is popular everywhere.
⑤ A cup of good-tasted coffee is not cheap in the restaurant.
⑥ Touch-paneled cell phones have reformed the traditional button-pushing operation.
⑦ Operating remote-controlled airplanes is an attractive outdoor sport.
⑧ The red-beaned ice lolly is the most popular ice in summer.

請以「副詞＋「－」＋現在分詞或過去分詞＋名詞」的型式，將下列中文句子譯成英文（注意：不可改變句子之原來結構與語氣，並且不可漏譯或只翻譯句子大概的意思）。

① The well-prepared materials have been put on the desk of attendants.
② The extremely-frightened hostage was saved finally.
③ Ill-treated foreign labors can bring a suit against their employers.
④ Merrily-singing children naturally showed that they were carefree.
⑤ Constantly-dripping water can penetrate the stone.
⑥ The selflessly-donating sentiment of the vegetable-selling woman Chen Shu-ju is worth being respected.
⑦ Strongly-promoted merchandise was quickly sold out.
⑧ E-commerce is a rapidly-emerging industry.
⑨ English is a wildly-used worldwide language.
⑩ The reason why the automatically-flushing urinal is known as smart is that it has a sensor.

請以「名詞＋「－」＋現在分詞或過去分詞＋名詞」的型式，將下列中文句子譯成英文（注意：不可改變句子之原來結構與語氣，並且不可漏譯或只翻譯句子大概的意思）。

① A sight-seeing group of twenty persons came to the marble factory to visit.
② Over the years, the United States of America still practices daylight-saving policy.
③ The anti-tobacco campaign has been implemented for many years; however, tobacco-addicted people are not less.

④ Love-needing people are lack of love.

⑤ Cell phones have a message-transmitting function.

⑥ Hospital-discharged patients mostly need to be back to the clinic.

⑦ Man-made destruction caused a tremendous loss of the nature.

⑧ The western egg-frying pan is not suitable for the eastern to cook food.

〔 練習題 2-24 〕

請以「形容詞＋「－」＋現在分詞或過去分詞＋名詞」的型式，將下列中文句子譯成英文（注意：不可改變句子之原來結構與語氣，並且不可漏譯或只翻譯句子大概的意思）。

① Boys all are like to chase beautiful-looking girls.

② Gentle-looking girls are not necessarily gentle.

③ The healthy-staying elder will always take exercise in every morning.

④ The effect of modern fresh-kept food is attributed to deoxidant.

⑤ A captain is an important-considered player.

⑥ A man growing in mind is just a so-called rich-becoming man.

⑦ The clear-turning weather makes all of us happy to go on a picnic.

⑧ Sour-tasted grapes can be used to make wine.

〔 練習題 3-1 〕

請以下列「名詞」型式的副詞各造個句子。

① The project must be finished in two weeks one way or another.

（這個專案必須設法在兩週之內完成。）

② Study harder, and you will be successful some day or other.

（用功點，遲早你會成功的。）

③ <u>All in all</u> I have only five dollars in my pocket.
（<u>總之</u>我口袋裡只有五塊錢。）

④ <u>Time after time</u> he asked me to help solve math questions.
（他<u>一次又一次</u>地要求我幫他解數學題。）

⑤ For the sake of safety, our experiment must be performed <u>step by step</u>.
（為了安全起見，我們的實驗必須<u>一步一步</u>地執行。）

⑥ The jigsaw puzzle was finally completed <u>piece by piece</u>.
（拼圖遊戲最終<u>逐漸地</u>完成了。）

⑦ I am going to have a meeting <u>the day after tomorrow</u>.
（<u>後天</u>我將有個會要開。）

⑧ Two guards stood <u>back to back</u> to be on the alert for the area.
（兩個衛兵<u>背對背</u>地站著警戒這個區域。）

⑨ I will come to see you again <u>some other day</u>.
（<u>改天</u>我將再次地來看妳。）

⑩ Tony took a walk around the park <u>every now and then</u>.
（唐尼<u>時常</u>繞著公園散步。）

〔 練習題 3-2 〕

請將下列中文句子譯成英文（各句中畫底線的部分，請以「介系詞＋名詞」或「介系詞＋名詞＋介系詞＋名詞」的型式表示之。注意：不可改變句子之原來結構與語氣，並且不可漏譯或只翻譯句子大概的意思）。

① Candidates made visiting <u>from door to door</u> to ask for support.

② <u>According to school regulations</u>, those playing truant must be marked with a warning.

③ Those buying tickets <u>in advance</u> may have 20% discount of the ticket price.

④ It is the responsibility of the staff supporting customer service to explain transaction details <u>in detail</u>.

⑤ Glass products are fragile, so you have to move them <u>with care</u>.

⑥ When the earthquake started, I rushed out of the door <u>at once</u>.

⑦ <u>Under no circumstances</u> should we children talk back to our parents.

⑧ <u>Out of sympathy</u>, humans will help those in need.

⑨ Before boarding the airplane, all the boarders must be check up <u>to the bottom</u> by the flight security personnel.

⑩ <u>For the purpose of promotion</u>, business representatives spare no effort on their jobs.

〔 練習題 3-3 〕

請將下列中文句子譯成英文（各句中畫底線的部分，請以「介系詞＋名詞或介系詞＋名詞＋介系詞＋名詞」的型式來表示。注意：不可改變句子之原來結構與語氣，並且不可漏譯或只翻譯句子大概的意思）。

① In order to study, she has been away <u>from the country</u> for a long time.

② It is very cool to hold a laser pen to point <u>to slides</u> to make a presentation.

③ Staying <u>at home</u> to watch TV is a behavior of wasting time.

④ The magician put two balls with different colors <u>into the magic box</u>.

⑤ The hunter held a rifle to aim <u>at a fox</u>.

⑥ She lay <u>on the ground</u> to make yoga.

⑦ Parents often make communication with children <u>over the telephone</u>.

⑧ In general, friends will shake hands <u>with each other</u> to show friendliness when meeting.

⑨ Speaking <u>with mild mood</u> may make people feel the sincerity of the speaker.

⑩ Snails behaving slowly would finally crawl up <u>to the top of the tree</u>.

請將下列中文句子譯成英文（各句中畫底線的部分，請以「不定詞」的型式
來表示。注意：不可改變句子之原來結構與語氣，並且不可漏譯或只翻譯句
子大概的意思）。

① In summer vacation, I often went to the school to swim.
② He was glad to get the prize in the contest.
③ All the students in the classroom were diligent so as to pass the final
exam.
④ The classmate at the first place in our class was so outstanding as to be
elected modal student.
⑤ To make more money, some office workers take part-time jobs after
office hour.
⑥ Our boss is sure to attend the meeting in the afternoon.
⑦ She was happy to have got the first place at this oration contest.
⑧ She must be a teacher to have explained the thing so clearly.
⑨ Few people may lucky to hit the jackpot.
⑩ Officials bribed have money enough to buy luxurious mansions.

請將下列中文句子譯成英文（各句中畫底線的部分，請以「副詞子句」的型
式來表示。注意：不可改變句子之原來結構與語氣，並且不可漏譯或只翻譯
句子大概的意思）。

① If you have studied the book seriously, I believe that now your level in
commanding English must be excellent.
② Since your English is good, you should teach others if there is any
chance.

③ When someone has questions, you should be patient to guide him instead of impatience.

④ After he has understood what you taught him, he will surely appreciate what you gave to him.

⑤ Though you are not a teacher, the sense of that kind of achievement will excite your thought to again devote yourself to the society.

⑥ At present time, since you devote yourself selflessly, you will feel the real meaning of the saying that people always say – "To give is more blessed than to accept."

⑦ I am very glad that, you have been involved in the line of English teaching so that students can have the opportunity to learn English well.

⑧ From now on, wherever you are, please give what keys you learned and understood to whoever wants to learn English well but has no way.

⑨ I believe that, however far from you they are, they will remember you and advocate your spirit forever.

⑩ This is to verify the words of wisdom – "Where there is sowed the seed of goodness, there will be good fruit produced," isn't this?

Linking English

不要放棄英文！任何人都能學通英文的必讀三堂課

2015年7月初版　　　　　　　　　　　　　　　定價：新臺幣330元
有著作權・翻印必究
Printed in Taiwan.

著　　者	謝	慕	賢
發 行 人	林	載	爵

出　版　者	聯 經 出 版 事 業 股 份 有 限 公 司	叢書主編	李	芃
地　　　址	台 北 市 基 隆 路 一 段 1 8 0 號 4 樓	校　　對	鄭 秀	娟
編輯部地址	台 北 市 基 隆 路 一 段 1 8 0 號 4 樓	整體設計	江 宜	蔚
叢書主編電話	(0 2) 8 7 8 7 6 2 4 2 轉 2 2 6			
台北聯經書房	台 北 市 新 生 南 路 三 段 9 4 號			
電　　　話	(0 2) 2 3 6 2 0 3 0 8			
台中分公司	台 中 市 北 區 崇 德 路 一 段 1 9 8 號			
暨門市電話	(0 4) 2 2 3 1 2 0 2 3			
台中電子信箱	e-mail：linking2@ms42.hinet.net			
郵 政 劃 撥 帳 戶 第 0 1 0 0 5 5 9 - 3 號				
郵 撥 電 話 (0 2) 2 3 6 2 0 3 0 8				
印　刷　者	文 聯 彩 色 製 版 印 刷 有 限 公 司			
總　經　銷	聯 合 發 行 股 份 有 限 公 司			
發　行　所	新北市新店區寶橋路235巷6弄6號2樓			
電　　　話	(0 2) 2 9 1 7 8 0 2 2			

行政院新聞局出版事業登記證局版臺業字第0130號

本書如有缺頁，破損，倒裝請寄回台北聯經書房更換。　　ISBN　978-957-08-4593-8 (平裝)
聯經網址：www.linkingbooks.com.tw
電子信箱：linking@udngroup.com

國家圖書館出版品預行編目資料

不要放棄英文！任何人都能學通英文的必讀三
堂課/謝慕賢著 . 初版 . 臺北市 . 聯經 . 2015年7月（民104
年）. 216面 . 18×26公分（Linking English）
ISBN　978-957-08-4593-8（平裝）

1.英語　2.讀本

805.18　　　　　　　　　　　　　　　104012503